ZE SAN-ANTONIO CODE

AUX MÊMES ÉDITIONS

De Patrice DARD
(Les Nouvelles Aventures de San-Antonio)

Corrida pour une vache folle, roman, 2002.
Les Contrepets de San-Antonio, 2002.
Un pompier nommé Béru, roman, 2002.
Les escargots ne savent plus baver, roman, 2003.
Ça se Corse !, roman, 2003.
Le Silence des anneaux, roman, 2004.
San-Antonio tient le bambou, roman, 2004.
San-Antonio priez pour nous !, roman, 2005.

De Frédéric DARD
(romans de jeunesse)

La Peuchère, nouvelle,
Lyon, 1938 ; Paris, 2002.

Monsieur Joos, roman,
suivi de
La Plaque tournante et
Vie à louer, nouvelles,
Lyon, 1941 ; Paris, 2002.

Le Norvégien manchot, roman,
Lyon, 1943 ; Paris, 2002.

Croquelune, roman,
Lyon, 1944 ; Paris, 2002.

Les Pèlerins de l'Enfer, roman,
Lyon, 1945 ; Paris, 2002.

Saint-Gengoul, roman,
Lyon, 1945 ; Paris, 2002.

Au massacre mondain, roman,
Lyon, 1948 ; Paris, 2002.

Équipe de l'ombre, roman,
Lyon, 1941 ; Paris, 2003.

Georges et la dame seule, roman,
Gap, 1944 ; Paris, 2003.

La Mort des autres, nouvelles,
Lyon, 1945 ; Paris, 2003.

Le Tueur en pantoufles, roman,
Paris, 1951 ; Paris, 2003.

Le Cirque Grancher, souvenirs,
Lyon, 1947 ; Paris, 2004.

Anna Soleil, roman,
Lyon, 1954 ; Paris, 2004.

Batailles sur la route, roman,
Saint-Étienne, 1949 ; Paris, 2004.

Le Mystère du Cube blanc, roman,
paru sous le pseudonyme
de F.D. Ricard
Éditions de Savoie, 1945.

Vengeance !, roman,
paru sous le pseudonyme
de Frédéric Charles
Éditions Jacquier, 1953.

Patrice Dard

LES NOUVELLES AVENTURES DE
SAN-ANTONIO

ZE
SAN-ANTONIO
CODE

roman poilant

Fayard

Les gens qui nous aiment nous torturent
davantage que ceux qui nous détestent.
Seuls les indifférents sont fréquentables.
San-Antonio

L'heure, c'est pas facile à retenir
parce que ça change tout le temps.
Béru

A Claude Durand,
qui a ressuscité San-Antonio.

Les événements du
PREMIER JOUR

Sourate 1

AL-FĀTIHA (prologue)
Guide-nous dans le droit chemin
de ceux que Tu as comblés de faveurs,
non pas de ceux qui ont encouru Ta colère. (Versets 6 et 7)

16 heures 57

Service des Objets trouvés,

36 rue des Morillons, Paris 15e

Quand il vit les deux hommes s'approcher, Rigobert, le préposé du dernier guichet ouvert, eut un mauvais pressentiment. Mais il n'alla pas jusqu'à imaginer la mort atroce qui l'attendait.

1. Depuis le temps que tu gloses à propos des versets du Coran, j'ai décidé de t'en offrir quelques-uns pour que tu saches enfin de quoi que tu causes. Point Allah ligne.

Quelques heures plus tôt
Appartement sur cour, impasse Alexandre, Vanves

A genoux, mains liées dans le dos, Imran sanglotait sous la cagoule noire dont on lui avait couvert le visage.

– *Mene fedl-k, el-Lāh ihefd-ni !* (Par ta bonté, que Dieu me protège !) psalmodiait-il en dialecte marocain, la voix étouffée par l'étoffe qui collait à ses lèvres sanguinolentes.

Il sentit le canon s'appliquer contre sa nuque. Sous l'effet de la terreur, il se mit à uriner. Son jean se souilla vers l'entrecuisse d'une humiliante auréole.

– Pitié, j'ai peur ! implora le jeune homme.

– *'Ib 'li-k tqoūl hād ech-chi* ! (Honte à toi de parler ainsi !) lança l'homme qui brandissait le pistolet, offusqué de la pleutrerie d'Imran.

Il exprima son mépris par un simulacre de crachat. De haute taille, le regard sombre souligné d'épais sourcils frisottés, un nez en bec de toucan, Moulay arborait une imposante barbe noire et coiffait la désertification de son crâne d'une calotte bleu touareg.

Par mesure de discrétion, au quartier général du groupe Klām ar-Rassoūl, on n'ouvrait jamais les volets. L'ampoule nue pendant du plafond dispensait un éclat criard qui étalait démesurément l'ombre de son bourreau devant Imran.

Moulay fit sauter le cran de sûreté de son arme.

– *El-Lāh yen'el wāldi-k ā l-hmār!* (Que Dieu maudisse tes parents, bougre d'âne!)

– Un instant! fit doucement Ahmed qui avait assisté, silencieux, à la scène.

Assis en tailleur sur un tapis de Taliouine, son village natal, il laissait machinalement filer entre ses doigts les trente-trois grains de son chapelet. Petit homme rondelet à la barbe grisonnante taillée près du visage, il imposait le respect à ceux de son équipe tant en sa qualité de doyen que par son savoir et sa finesse d'esprit. Sans doute aussi parce que de sous sa djellaba – toujours d'une blancheur immaculée – pouvait jaillir à tout moment un poignard acéré dont il maîtrisait imparablement le maniement.

Il se dressa avec une souplesse surprenante chez un sexagénaire de sa corpulence et fit signe à Moulay de rengranger son pétard. Puis il aida Imran à se relever et lui ôta sa cagoule.

– Dis-nous exactement ce qu'est devenu le sac, *weld-i* (mon garçon), et tu ne seras pas exécuté.

– *El-Lāh yehdi-k*, Ahmed, sois raisonnable ! Sa faute est sans pardon. Imran doit mourir, ce sont les ordres d'Idriss.

– Il ne le connaît même pas.

– Ça n'est pas les hommes qu'il juge, mais leurs actes. Et puis, c'est notre émir !

– Un émir aux yeux bleus, bien jeune, et pas arabe à part entière.

– Et alors ?

– Alors, s'il m'avait choisi moi au lieu de ce gamin pour transporter le colis, on n'en serait pas là. D'autant que, vu le lieu de destination, c'était la logique même de me le confier ! Mais la logique de notre émir…

Ahmed laissa sa phrase en suspens et enchaîna :

– Réponds, Imran : où est le sac ?

L'adolescent comprit qu'il devait saisir la

chance qui lui était offerte et se décida à cracher le morceau.

– Je... je l'ai abandonné sur le trottoir, hier soir, près du métro Convention.

– Tu es un inconscient ! gronda Moulay.

– Je n'avais pas le choix. Juste devant moi, il y avait un car de flics. Les keufs contrôlaient les passants. Ils auraient fouillé dans le sac, c'est sûr. Je me suis assis sous l'abribus. De là j'ai vu une petite mémé ramasser le sac.

– Et tu n'as pas été capable de le récupérer ? s'insurgea l'homme à la calotte bleue.

– Les poulets ont foncé dans ma direction à la poursuite d'un type qui essayait d'échapper au contrôle. Ils l'ont rattrapé devant moi et se sont mis à le tabasser. Je n'ai pas bronché. Quand ils l'ont embarqué, la vieille avait disparu.

– Tu as agi avec intelligence, conclut Ahmed. Aussi, pour te récompenser, nous allons faire de toi un martyr.

Le sourire qui fleurissait la bouche du jeune Marocain se flétrit aussitôt.

– Un martyr ? Avec une ceinture d'explosifs ?

Le patriarche tapota la joue d'Imran.

– Que ton cœur se réjouisse, *weld-i.* Au lieu de mourir comme un chien sous les balles de Moulay, tu achèveras ta misérable existence terrestre en héros de l'Islam, et les vierges du paradis d'Allah s'offriront à toi. *Amine!*

En dépit du redoutable destin qu'on lui réservait, Imran se sentit soulagé d'avoir été provisoirement épargné. Il caressait déjà le projet d'échapper au plus vite à cette équipe de fous furieux qui l'avait embringué. Fréquenter la mosquée, écouter les prêches de l'imam, rendre de menus services, trimbaler des colis, à la rigueur ; mais sacrifier sa vie à une cause à laquelle il se sentait parfois étranger, c'était hors de question !

Dans l'immédiat, il lui fallait feindre la soumission. Il se remit à genoux et s'inclina en direction de La Mecque, qui était approximativement celle de Malakoff.

– Dieu, Tu es grand et je donnerai ma vie pour Toi !

Le vieil homme approuva.

– Parfait, Imran, on va te confier à des gens sûrs qui assureront ta formation.

Un rien frustré par ce dénouement paisible, Moulay poussa un soupir.

– En attendant, on fait quoi ?

– Comme tous les Parisiens, répondit Ahmed. On se rend au bureau des Objets trouvés. C'est à deux pas du métro Convention. Le sens civique aura peut-être animé la mamie qui a trouvé le sac.

– Dangereux, non ?

– Aurais-tu peur du danger, toi aussi ?

– Non, mais, si le sac a été fouillé par la police ?

– Qu'importe ? Ce qu'il contenait ne tire pas à conséquence. Du moins en apparence.

16 heures 36
Rue des Morillons

Moulay gara sa 306 Peugeot devant le parc Georges-Brassens qui jouxte la grande bâtisse en brique. Il s'apprêtait à quitter le véhicule lorsque Ahmed le retint par la manche.

– Tu es chargé ? questionna ce dernier.

– Je ne me sépare jamais de mon joujou.

– Il va falloir faire une exception. Le service des Objets trouvés relève de la préfecture de police. Il y a un flic à l'entrée qui fait passer les visiteurs sous un portique de détection.

– *Ma kayne mouchkil.* (Pas de problème.)

Il enveloppa son pistolet dans son mouchoir et le glissa sous le siège.

– On y va ?

Ahmed remisa sa dague dans la boîte à gants.

– On attend le dernier moment. Les fonctionnaires sont moins vigilants, à l'heure de la fermeture.

16 heures 49

Service des Objets trouvés

Rigobert apprécia d'un œil concupiscent l'élégante jeune femme qui se tenait devant lui. La gorge nouée, il admirait sa longue chevelure brune cascadant sur le col d'un trois-quarts de cachemire grège, son regard lavande aux cils rehaussés d'un soupçon de rimmel et sa bouche pulpeuse dessinée pour murmurer des mots tendres, voire plus si affinités. Il se pencha pardessus le guichet pour évaluer la bête sur pied. C'était surtout ses longues jambes finement voilées de noir qui le fascinaient. Leur admirable galbe était hélas barré au niveau des genoux par l'ourlet d'une jupe de cuir dans les tons chocolat.

L'imagination fertile de Rigobert lui permettait d'envisager la suite du fuselage : des cuisses fermes et nerveuses, la dentelle des bas-jarretières, et puis cette jonction sublime...

« Si les parallèles finissent par se rejoindre à l'infini, les jambes des femmes se rejoignent au paradis », songea-t-il.

– On vous l'a rapporté ou pas ? s'impatienta la fille.

– Faut voir. C'était quel genre de paquet ?

– Je vous l'ai dit : un étui en carton, marqué La Perla.

L'œil du fonctionnaire étincela.

– La Perla, c'est de la lingerie, n'est-ce pas ?

– Vous l'avez, oui ou non ?

– Attendez...

Rigobert consulta le registre.

– Vous avez de la chance. J'ai quelque chose dans ce goût-là.

Il se rendit à la réserve et récupéra le sachet sur une étagère. Il revint en le balançant par l'anse au bout de son index.

– Voilà, voilà... Qu'y avait-il au juste, à l'intérieur ?

– Est-ce indispensable que je vous le dise ?

– Parbleu : je dois vérifier si c'est bien à vous.

La femme hésita un instant.

– Eh bien... un ensemble.

– Quelle couleur ?

– Bordeaux, avec des motifs dorés.

Sans la moindre vergogne, Rigobert ouvrit l'étui et en extirpa un adorable soutien-gorge ainsi que la culotte assortie.

– Vous ne portez pas de string ? fit-il, un peu déçu. Moi, ma copine adore les strings. Ça l'excite, la ficelle dans la raie des fesses. Pas vous ?

Sans répliquer, la fille rafla son bien et tourna les talons.

– Hé, ho ! Faut décliner votre identité...

– Déclinez vous-même, pauvre taré ! Et

estimez-vous heureux que je ne me plaigne pas auprès de vos supérieurs !

Le cœur en chamade, l'employé regarda la femme sortir en ondulant du croupion. Il haussa les épaules, inscrivit un nom et une adresse bidon et parapha le cahier. Puis il jeta un coup d'œil à la pendule. Elle annonçait 16 heures 57. Plus que trois minutes à tirer.

C'est à cet instant précis que les deux hommes poussèrent la porte. Deux Arabes bien barbus : un grand costaud au nez busqué portant une calotte bleue, et un petit grassouillet vêtu d'une djellaba et d'un burnous blancs.

Rigobert eut un mauvais pressentiment.

– Je m'apprêtais à fermer le guichet, messieurs.

– Nous allons faire vite, dit paisiblement le plus âgé des visiteurs. Mon fils, qui est du genre distrait, a oublié son sac de sport sous un abribus, rue de la Convention. Un sac noir portant la griffe Nike. Vous auriez ça en magasin ?

Rigobert compulsa de nouveau son registre.

– Des sacs de sport noirs, j'en ai à la pelle,

mais seulement deux de marque Nike. Un moment…

Le garçon arpenta les travées et alla récupérer les objets en question.

– Lequel serait à votre fils ?

– Celui de gauche, le plus large.

– Son contenu ?

– Deux tenues de jogging, une paire de baskets, des rollers, une serviette de bain rouge et… des babioles.

Rigobert ouvrit le sac, l'inventoria.

– Hum ! Deux tenues de jogging, une paire de baskets, des rollers, une serviette de bain rouge. Tout y est… sauf les babioles.

Le visage de son vis-à-vis devint livide.

– Comment ça ?

– Tenez, regardez vous-même !

Moulay se pencha sur le Nike et en brassa fébrilement le contenu.

– *Ma cheft hetta bida !* grogna-t-il.

Le fonctionnaire consulta une nouvelle fois l'horloge. Sachant qu'elles ne seraient pas rémunérées, il détestait effectuer des minutes, voire des secondes, supplémentaires.

– C'est quoi, les babioles manquantes ?

– Rien, rien…

– Alors, c'est bon ? Je vais vous demander une pièce d'identité.

Ahmed secoua imperceptiblement le menton.

– Inutile. Tout bien réfléchi, ça n'est pas notre sac. Gardez-le.

17 heures 54

Studio, rue Albert-Benloulou, Paris 13e

Rigobert jeta son manteau sur une chaise, se frotta les mains pour les désengourdir et alla tourner d'un cran la molette du convecteur. L'hiver ne lâchait pas prise en ce début de mars. Une douche bouillante serait la bienvenue.

Le jeune homme retira pull et chemise, vira ses chaussures à travers la pièce. Il dégrafait sa ceinture quand le coup de sonnette retentit.

Tiens ? Il n'attendait pas sa copine si tôt. En fait, il ne l'attendait même plus du tout après son violent coup d'éclat de la veille au soir. Avant d'ouvrir, il répéta devant la glace le sourire de repentance qui s'imposait.

Il demeura interloqué en découvrant les deux Arabes sur son palier. La stupeur le céda vite à l'inquiétude lorsqu'il constata que les types s'étaient banalisés : le grand en ôtant sa trop voyante calotte, le vieux en enfilant un imperméable par-dessus ses habits maghrébins. Comme s'ils avaient souhaité passer inaperçus.

– Co... comment êtes-vous arrivés jusqu'ici ? bredouilla Rigobert. Vous m'avez suivi ?

– Qu'importe ? répondit Ahmed en repoussant fermement le garçon à l'intérieur de son studio.

– Mais enfin, qu'est-ce que vous me voulez ?

Moulay reclaqua la porte derrière lui et sortit son automatique.

– Rends-nous ce que tu as piqué, et tout de suite où je te sèche !

Rigobert se sentit parcouru d'un frisson glacé.

– Mais de quoi vous parlez ?

– Tu le sais très bien.

– Franchement, je ne pige pas !

– Tu n'as pas chouré le carton ?

– Quel carton ?

– Dis-nous où tu l'as mis, sinon je te saigne comme un pourceau !

– Enfin, voyons, pourquoi j'aurais volé un carton, et pas les rollers ? plaida Rigobert, la voix chevrotante.

– Logique ! consentit Ahmed. Qui a rapporté le sac dans vos services ?

– Une femme âgée, en fin de matinée.

– Tu la connais ?

– Je l'ai peut-être aperçue une fois dans le quartier, mais je ne sais pas où elle habite, je vous jure !

– Son identité doit figurer sur le registre...

– Non. On l'exige de ceux qui viennent récupérer un objet, pas de ceux qui le déposent.

– Elle est comment, cette vieille ?

– Plutôt crasseuse et mal fagotée. Elle a pas l'air de rouler sur l'or. C'est sûrement elle qui a piqué votre carton.

Les deux Arabes échangèrent un regard fataliste. Moulay remisa lentement son calibre.

– Tu ne parleras de notre visite à personne, n'est-ce pas ?

– A personne, promis ! s'empressa le jeune homme, vaguement rasséréné.

– J'en suis sûr ! opina Ahmed en lui enfonçant son Opinel de chasse dans le ventre.

Par amour de la belle ouvrage, il hara-kiria sa victime depuis le haut du pubis jusqu'au ras du sternum.

Rigobert ne trouva qu'un hoquet ridicule à exprimer avant de se laisser glisser le long du mur. Il mit plus de cinq minutes à mourir, assis dans une flaque rougeâtre qui allait s'élargissant, à regarder d'un œil évanescent les tripes s'évader de son abdomen.

S'il ne rechignait jamais à semer la mort, Ahmed ne s'attardait guère à la voir éclore. Lointain héritier de Ponce Pilate, il quitta la pièce, se rendit à la salle de bains et se lava longuement les mains.

Moulay attendit que Rigobert eût poussé son dernier râle, puis il s'agenouilla, saisit la paluche du défunté, lui trempa l'index dans le sang frais et traça quatre lettres sur le mur à l'aide de ce funeste crayon.

Une signature que lui avait secrètement recommandée Idriss, son émir.

Il profita de l'absence d'Ahmed pour appeler ce chef vénéré et lui dresser un rapport aussi bref qu'exhaustif des tout derniers événements.

18 heures 5

Rez-de-chaussée, rue Olivier-de-Serres, Paris 15e

Éloïse Habélard s'accroupit en geignant au pied de son antique téléviseur. Elle pressa le bouton de la troisième chaîne. Depuis belle lurette, la télécommande avait rendu l'âme et la couleur déserté son poste. Mais, même en noir et blanc, Julien Lepers conservait toute sa prestance.

Gibus se mit à japper en sautillant autour de sa maîtresse. Le générique de *Questions pour un champion* sonnait l'heure de sa pâtée.

La vieille octroya au corniaud une platée de brisures de riz. Puis elle servit quelques lambeaux de mou à Cacahuète, un faux siamois à l'oreille déchiquetée, une poignée de millet à son canari, une pincée de daphnies à ses cyprins dorés. Ce rituel immuable égayait quelque peu le une-pièce-au-fond-de-la-cour d'Éloïse.

C'était également le moment où la faim commençait à la tenailler. Par nécessité pécuniaire, elle se contentait le matin d'un bol de chicorée et sautait le repas de midi.

Elle alluma son réchaud à pétrole, posa une poêle culottée sur le feu et y jeta une noix de margarine.

Moins d'une heure plus tard, les pompiers retrouvèrent Éloïse morte en compagnie de son chien, de son chat, de son serin et de ses poissons rouges.

Plus une nichée d'innocents poux de corps.

Sourate 2

AL-BAQARAH (la vache)

Éloignez-vous donc des femmes pendant les menstrues
et ne les approchez que quand elles sont pures. (Verset 222)

21 heures 39
Tanière des Bérurier, adresse top secret

Béru recule sa chaise, se lève, la hure congestionnée, la lippe poisseuse. Ses yeux charbonneux sont comme deux olives sur un carpaccio de bœuf. Son cou aux veines gorgées de sang et de vinasse, sanglé dans un col roulé caca d'oie, évoque un ravissant bouquet de rhubarbe.

De la lame d'un couteau il frappe sur son verre pour capter l'attention générale. Il a mal dosé son geste : le verre se brise et un reliquat de juliénas se répand sur la table.

– Alexandre ! Merde ! rouscaille son épouse. T'es un vrai porque-épique ! Ma nappe !

– Quoi, ta nappe ? Tu l'as vue, ta nappe ? È ressemble à no't drap du dessous la veille d'la grande lessive de printemps !

Le Goret réquisitionne la coupe de sa baleine, la liquide cul sec, fait clapper sa baveuse, appuie sur le bouton d'un vieux magnétophone rafistolé avec du sparadrap. Une musique altière retentit. Le Mastard la règle en sourdine.

– Un peu d'mélodie, ça met toujours l'ambiance. Vue la solanacée d'l'événement, j'ai d'abord acheté la *Marche Pronuptia* de Mandela Nelson, mais j'm'ai dit que l'*Petit bonhomme en mousse* d'Patrick Sébastien, ça ferait plus joyeux.

Il écarte en V gaullien ses brandillons plus dodus que des cuisses de rugbyman.

– Mes amis, moi-même et mon épouse on est z'heureux que vous vous fussiez jointoyés à nous pour fêter not' anniversaire de mariage. Les noces de saindoux, c'est pas tous les jours qu'on les souhaite. J'tiens à vous r'mercier tous autant qu'vous zézettes pour ce magnifique service que vous nous avez fait cadeau…

– On a choisi de l'Arcopal parce que c'est incassable, persifle mon fils Toinet, vu qu'ici la vaisselle vole bas !

– Exagérons rien ! minaude la Gravosse. Des p'tites sautes d'humeur, ça arrive chez tous les couples. Ce sont les alinéas de l'amour.

– Boucle-la, Berthie, tu me coupes dans mon élan ! Où qu'en étais-je ? (Il lorgne sur un coin de serviette griffonné à la hâte.) Ah, ouais ! Les remerciements... Donc : merci à ceux du bureau. Surtout z'à toi, Tonio, qui m'as offert une place dans la loge présidentiable pour l'prochain France-Angleterre de Rubis, dont au sujet duquel j'espère qu'on va filer une branlée mémoriale, samedi, à ces fumiers d'Rosbifs !

... Que je te parfume un peu la comprenette, radieux lecteur, pas que tu meures aussi idiot que t'es né. Comme tu l'as peut-être deviné, nous nous trouvons présentement dans la bauge pachydermesque des Bérurier, occupés à célébrer leur je-sais-plus-trop-combien d'années de cocufiage intensif et mutuel.

Le fleuron de la volaille label est réuni autour de leur mangeoire souillée de détritus qui feraient encore les beaux jours d'un département somalien : Pinaud, bien sûr, fidèle de la première heure, dont la moustache s'assoupit au-dessus de son mégot ; Jérémie Blanc, le Black d'élite, accompagné de Ramadé, son épouse favorite, boudinée dans un boubou rose qui la fait ressembler à une praline à peine suçotée ; Antoine, mon fiston, flanqué de son inséparable Amélie, la rouquine du labo, fille de l'inoubliable Mathias ; et votre serviteur qui en a ras la musette de ces agapes à bas prix.

Mon ange gardien veillant toujours à limiter mes déconvenues, ma future bru a pris l'heureuse initiative d'amener une de ses copines, victime d'un coup de blues suite au largage par son mec. Le zigue s'est barré parce qu'il ne supportait plus qu'elle ramène du travail à finir le soir à la maison. D'autant qu'Angélique (c'est son petit nom de baptême) exerce la délicate profession de médecin légiste. Faut admettre qu'une dissection de viscères à la veillée, c'est pas franchement glamour.

Ordonnateur hors pair, Toinet a bricolé les bristols (des feuilles de P.Q. avec nos initiales inscrites au feutre baveux) et s'est arrangé pour placer la donzelle à ma droite, ce que mon genou (et mon joujou, mon chou) peuvent te certifier conforme. Je n'irai pas jusqu'à prétendre que mon rentre-dedans donne à plein tube – la gosse se trouve en convalescence sentimentale, faut l'excuser –, mais elle laisse néanmoins la chaleur de ma cuisse irradier la sienne. C'est pas qu'elle soit vraiment jolie, Angélique ; mieux que ça : elle a du chien. Mais c'est vers un autre de ses animaux domestiques que se concentrent frénétiquement mes pensées.

Peau vanillée, cheveux châtain, yeux marron : pas de bogue, voilà bien la Madone de chez Clément Faugier. La Méditerranéenne pétillante dans toute sa resplendisseur, qui pousse l'élégance jusqu'à estomper son sautillant accent, virgule, con.

– J'apprécille aussi la boutanche de mousseux z'offerte par Alfred, reprend Sa Majesté Gradube. Goûtue à souhait !

Ah, j'avais oublié de te signaler la présence du pommadin, partenaire officiel du team Bérurier et amant légitime de madame.

– T'es malade ! s'exclame le susnominé. C'était pas du mousseux, mais une nouvelle lotion pour dégraisser les cheveux, que j'ai mise au point pour Berthe.

– N'empêche qu'ça se laisse boire, avec un petit goût de revenez-y ! Franchement, ça vaut un grand cul crassé ! ponctue l'éternel assoiffé. Vous me connaissez t'assez pour savoir qu'j'sus pas un adopté des grands discours. Nez en moins, j'ai préparé quelques mots pour rend' hommage à ma double moitié dont on a partagé ensemble tant de bons et aloyaux sévices.

Il se ramone les sinus, clôt à demi les paupières et se lance :

– Le jour où lorsque Monsieur le Maire de Saint-Locdu-le-Vieux, le père Mahut qu'avait un bec-de-lièvre et une orchite qu'il trimbalait dans une brouette, nous a zunis pour le mareyeur et pour le périnée, j'pouvais pas deviner qu'tant d'années z'après on s'trouv'rait tous là pour la serrée-monique d'nos noces de saindoux. Le temps a filé comme un suppositoire dans un rectum : en deux tantes trois mouvements, juste en f'sant quelques bulles chiasseuses. Si je déposerais l'bilan de mon éguesistence, j'aurais pas trop z'à me plaindre, vu que j'ai été heu-reux ! Une femme comme Berthe, née Poilfout dans sa jeunesse, digne parentée des familles Lacourge et Zifolard, les célèbres marchands de bestiaux, on n'en croise pas des treize à la douzaine dans une vie. Faut pas la laisser filer.

Il attrape sa truie par l'encolure et la presse contre son valeureux poitrail. On applaudit à tout rompre, espérant en secret que Gargantua en est à sa péroraison. Mais c'est le méconnaître. Quand il s'empare d'un os, le Gravos, dur-dur de le lui faire lâcher.

– Bien sûr, poursuit-il, y a eu quèques années-croches dans not' couple.

Il fait signe à Toinet de lui servir un verre de picrate et de recharger les godets de la tablée.

– Moi-même, je sus pas un modèle de p'tite vertu, j'admets, et dans l'contrat, c'est pas des coups d'canif que j'ai donnés : j'y ai carrément z'été au sabre d'abordage. T'offusque pas, mon trésor, mais je vas vous en raconter une que même toi, ma propre femme, t'as jamais été au courant. C'était l'soir d'nos épousailles à l'hôtel du Grand Pouillard. Berthe était montée s'décaper le pont au cinquième, vu qu'y avait pas d'salle de bains dans la chambre anuspsiale, tu t'souviens ? Je me désape, et v'là la bonniche qui radine avec les serviettes de toilette. Elle avise Popaul dressé jusqu'au sommet de ma brioche et s'met à baver devant le morcif. J'entendais le glouglou de ton bidet juste au-dessus. Ça m'a chaviré. Je sais pas ce qui m'a pris, j'ai renversé la femme de chamb' à quatre pattes sur le pucier et l'ai ramonée en levrette sans y poser sa culotte. Paraît que c'est un toubib des environs qu'a dû la lui retirer avec des pinces de chirurgien : j'l'y avais enfoncée si loin qu'elle s'était enroulée dans les trompes ! Véridique…

Béru se tord-boyaute. Sa muse, elle, a pâli de deux tons sous son fard de charcutière fellinienne et se lève à son tour.

– Confidence pour confidence, Gros Lard, j't'avais déjà devancé dans l'encorniflage. Tu t'souviens de mon p'tit cousin Mathurin, çui qu't'avais surnommé Glandouille ? A la fin du banquet, il est passé sous la table. Tout benêt qu'il était, il a senti que j'portais pas d'culotte en haut de ma jarretière. Il s'est glissé entre mes cuissots et m'a broutée pendant qu'tu t'empiffrais de poudingue à la Windsor. J'ai pris un tel panard qu't'as cru qu'j'étais prise de vapeurs, mon pauvre Alexandre.

Au gars Béru maintenant de rigoler jaunasse. Il tente de minimiser la confession.

– Bon, ben, tout ça, c'est du passé ! On était jeunes, y a perception !

Hélas, la mégère n'est pas apprivoisée pour autant.

– Tu veux des souv'nirs plus récents ? Tiens, la semaine dernière, t'as pas remarqué le nomb' de cartons à pizza que t'as descendus aux poubelles ? Pourtant j'déteste ça : les anchois me flanquent la pépie et les olives me filent de l'utricaire. C'est pas sa margarita qui me plaît, chez Mario, mais c'qu'il a dans le calzone.

L'Encorné tord le nez.

– T'essayes de t'rend' intéressante, ou quoi ?

– Non, non ! Moi z'aussi, c'est du vécu. J'en ai plein le cul des gros vinasseux, même avec une biroute de rhinocéros ! Mario, lui, il est beau, mince, jeune, bronzé, et il cause avec l'accent napolitain, tu mords la différence ?

Mon collègue semble abattu. Son aimable sauterie tourne doucettement au vinaigre. Il demeure coi, le bec béant.

Le plus jalmince, finalement, semble encore Alfred.

– M'enfin, Alexandre, dis quelque chose ! lance-t-il, furibard. Tu vas quand même pas tolérer que Berthe nous fasse cocus avec un vulgaire pizzaiolo ?

– Toi, le merlan, tu cadenasses ton claque-merde, rétorque Béru, autrement sinon je te roule dans la farine et j'te fais frire jusqu'à c'que mort s'ensuce !

Un silence putréfie l'ambiance : reniflages, toussotis, raclements d'amygdales… fort à propos dominés par les stridulations du portable d'Angélique.

La mignonne a reçu un S.M.S. On la réclame de toute urgence à l'institut médico-légal où elle vient d'être fraîchement promue. Je saute sur l'occase et lui propose de la raccompagner à sa voiture.

On fait fissa pour se débiner. Toinet, Pinuche et les Blanc me jettent des regards venimeux pour cet odieux lâchage.

Une fois sur le trottoir, j'exhale un soupir de soulagement.

– Le climat commençait à devenir orageux.

– Ils ont l'air un peu bizarres, vos amis, non ?

– Disons qu'ils sont nature.

J'escorte Angélique jusqu'à sa guinde, une C3 Pluriel noir et blanc comme une pie non grièche.

– Désolé pour cette soirée plombée.

– Vous n'y êtes pour rien.

– Elle nous a au moins permis de faire connaissance.

Troublée, la toubibette fourre le nez dans son sac, à la recherche de ses clés.

– Je vous dépose quelque part, commissaire ?

– Merci, mais je suis motorisé.

Je l'agrippe par la taille, la plaque contre moi et dépose mes lèvres sur les siennes. Elle me rend furtivement mon baiser avant de me repousser en douceur.

– Je ne suis pas très disponible dans mon cœur, en ce moment…

In petto, je me dis que si elle est déjà disponible dans son corps, ça suffira à mon bonheur. Mais c'est dans le répertoire romantique tendance *Nous deux* que je puise mon inspiration :

– Je me sens tout froid à l'idée de vous quitter, Angélique, lui soufflé-je à l'oreille.

Un sourire léger incurve sa bouche charnue.

– Si vous voulez vous réchauffer, accompagnez-moi à la morgue. Un type éventré et une vieille asphyxiée nous y attendent.

Fracas de verre dans les étages.

Une soupière a traversé une fenêtre et va s'écrabouiller en plein milieu de la chaussée.

Pas si solide que ça, l'Arcopal !

Dire que si les Bérurier n'avaient pas fêté leurs noces de saindoux ce soir-là, et si mon volcanique dardillon ne m'avait pas incité à suivre Angélique jusqu'à la la Maison Macchabée, des crimes seraient restés impunis, je n'aurais jamais mis la main sur l'ennemi public numéro un de la planète, et l'attentat le plus sanglant de tous les temps n'aurait pas pu être déjoué !

Pis encore, tu n'aurais pas eu le privilège de percer l'énigme du San-Antonio Code, *l'aventure la plus épouvantesque, extravoguante, fantoma-*

niaque, astronomiasme, vertiginette, démenstruelle, stupre-et-fiente, épopique, diabolomante, oppresseuse, angoissière et hallucinageoire de toute ma carrière. Et je t'épargne les vocables qui ne figurent pas encore dans mon lexicon privatif.

Sourate 3

AL-'IMRĀN (la famille d'Imran)

Ne prenez pas de confidents en dehors de vous-mêmes :
ils ne failliront pas à vous bouleverser. (Verset 118)

22 heures 51

Institut médico-légal, 2 place Mazas, Paris 12e

Vu de l'intérieur, un mort est encore plus exquis qu'un vivant. Quels coloris, madoué ! Des ocres pastel, des orangés subtils, des incarnats violines… La gamme des terres de Sienne, la palette des murailles italiques, le talent des Bellini, le génie du Carpaccio sont réunis en nos entrailles sitôt que la sanguinolence et les excrétions digestives les ont évacuées.

Angélique ajuste son masque chirurgical.

– Celui-là, au moins, l'assassin me l'a préparé.

L'autopsie va être rapide. Je peux déjà affirmer qu'il n'est pas défunté d'une congestion pulmonaire.

Elle allume sa lampe frontale, actionne son microphone, se penche sur sa proie et débute son rapport préalable :

– Éventration par une lame affûtée. Un couteau de chasse ou un poignard parfaitement aiguisé. Le coup a été porté au niveau de la vessie avec une remontée régulière jusqu'au-dessus du canal cholédoque. Le lobe gauche du foie est entaillé sur une dizaine de centimètres. L'hémorragie consécutive a provoqué la mort du sujet. Perte probable de conscience dans les quinze à vingt secondes ayant suivi l'impact, du fait de la rupture de l'aorte abdominale.

Le capitaine me fourgue un caoua fumant.

– Vous êtes vraiment le commissaire San-Antonio ?

– Je peux vous montrer mes papiers.

Il se fend la pipe.

– Inutile ! Je vous reconnais.

Il me tend la pogne.

– Je m'appelle Hachourey. Nabil Hachourey.

Je suis un authentique petit beur : moitié kabyle, moitié nantais.

Je lui en serre cinq et nous trinquons sans bruit avec nos gobelets en carton.

– Si je m'attendais à vous rencontrer, à minuit, à la morgue…

Teint bis, œil clair et vif, le jeune flicard offre une bonne bouille à la Faudel, avec le même timbre de voix éraillé.

– On vous a demandé de prendre l'enquête à ma place, n'est-ce pas ?

Je lui tapote affectueusement la nuque.

– Pas du tout, mon gars. J'accompagnais simplement la légiste qui est une amie. C'est ton enquête et je te la laisse volontiers.

Le bleu ne paraît pas soulagé par mes propos.

– Ben… Je suis bardé de diplômes, mais c'est mon premier meurtre. J'ai déjà reçu un appel de l'I.G.S. Ils exigent des résultats rapides. La victime fait partie de la maison.

– Un flic ?

– Presque. Son nom, c'est Rigobert Lingueau, employé de la préfecture de police au service des Objets trouvés, rue des Morillons. Un type mal noté, irascible, cavaleur. Il a eu plein de problèmes avec ses collègues femmes.

– Qui a découvert le corps ?

– Sa copine. Comme il ne répondait pas au téléphone, elle s'est rendue chez lui en début de soirée. Elle possédait un jeu de clés. Elle l'a trouvé éventré dans le salon et nous a alertés. Par précaution, je l'ai placée en garde à vue au commissariat du boulevard de l'Hôpital. Honnêtement, je ne crois pas qu'elle ait eu la force d'accomplir ce geste.

– La jalousie, la haine décuplent parfois l'énergie.

– Je sais, mais je le sens pas.

– C'est bien, de fonctionner à l'intuition. Moi, j'ai toujours accompli mon boulot avec un peu de jugeote et beaucoup de pif. L'arme du crime ?

– Envolée. Une équipe ratisse le quartier à sa recherche : les caves, les poubelles, les bouches d'égout… On peut toujours croire aux miracles.

Nabil vire son gobelet dans une corbeille d'un geste de basketteur des rues.

– Il y a une inscription cabalistique sur le lieu

du crime. J'aimerais que vous voyiez ça, commissaire.

– Je ne suis pas de service. A quel titre interviendrais-je ?

– Coup de pouce à un débutant, c'est un bon motif, non ?

Je jette un œil sur Angélique en train d'effectuer des prélèvements dans les boyaux du de cujus avec des gestes de charcutier avisé. Je doute que cette besogne lui fouette la libido. Mon ogive fouineuse a peu de chances d'aller faire un tour au cirque, cette nuit.

Et puis, tu veux que je te dise ? Elle me botte, cette affaire Rigobert. Celui qui a pratiqué cette césarienne me semble un drôle de barbare ; ça ne me déplairait pas d'avoir un jour une conversation d'homme à homme avec sa pomme.

– Vous avez une idée de l'heure du crime ? demandé-je.

La légiste consulte un cadran relié à une sonde enfoncée dans le rectum de la victime.

– Selon les données thermiques, entre 18 et 19 heures. Je pourrai me montrer plus précise en fonction de l'étude des larves viscérales.

– Fortiche, la toubib, admire Nabil. Le mec rentre habituellement chez lui vers 17 heures 50. Il a pu être suivi et zigouillé dans la foulée.

Il se fend d'un rictus imploratoire.

– Vous acceptez de m'aider, commissaire ? Juste pour le fun ! Vous n'êtes pas obligé d'apparaître officiellement. Je suis assez grand pour cueillir les lauriers tout seul.

Que voilà un fliquet bien mariole ! Son obstination me cingle droit à l'ego. Je vais me planter face à la belle Angélique.

– Le devoir et la curiosité m'appelant, puis-je vous abandonner nuitamment à votre noble tâche ?

– Vivez votre vie, Antoine…

Elle manœuvre un tiroir, me laissant découvrir une petite vieille ratatinée, plus cireuse qu'un cierge de Pâques.

– … d'autant que cette charmante mamie compte également sur mes bons offices.

Angélique actionne un second brancard coulissant sur lequel sont empilés pêle-mêle un chien, un chat et autres menus animaux raides morts.

– Les pompiers ont jugé bon de me rapporter aussi sa ménagerie. Une première, dans le genre…

Je coule une paluche furtive au creux des reins de ma (presque) conquête.

– Si je reviens au petit matin pour le breakfast, vous êtes plutôt pâtisserie viennoise ou capote anglaise ?

23 heures 42

Cinquième sans ascenseur,

rue des Longues-Raies, Paris 13ᵉ

Imran glissa la clé plate dans sa bouche pour l'enduire de salive avant de l'introduire dans la serrure. Grâce à ce stratagème que lui avait enseigné son père avant de retourner au bled épouser une jeunette, il ouvrit sans bruit la porte palière et s'infiltra dans l'appartement familial.

Inutile d'allumer. Les incessantes coupures d'E.D.F. pour non-acquittement des factures l'avaient rodé à rôder dans le noir intégral.

La seconde porte, celle dont le loquet

pendouillait, donnait sur sa chambre ; l'autre était partagée par sa mère et sa jeune sœur, ses deux frères aînés ayant de longue date déserté la cambuse pour des cieux quadrillés de filins anti-hélicoptères.

Imran fit palpiter ses narines. La pièce fleurait encore le joint froid, le survête trop porté, l'huile de ricin rancie. Par la lucarne donnant sur le périphe, les lueurs chagrines de la banlieue investissaient la piaule. Le lit n'avait pas été fait, comme si on l'attendait encore malgré un aussi long silence. La mobylette qu'il avait chourée un soir près du métro Maison-Blanche trônait au centre de la turne, désossée depuis que le carburo surmené avait rendu l'âme. Il s'était bien promis de réparer la bécane, mais toutes les promesses qu'Imran se faisait tournaient vite aux mensonges.

Sur le toit de l'armoire, il récupéra un grand sac de la F.N.A.C. dans lequel il bourra les fringues oubliées le jour de son départ. Au fond du tiroir, il retrouva ses vieilles tennis Puma d'un rose fluo qui flashait dans le quartier au temps de ses plus belles frasques. Il les chaussa avec émotion. Bien qu'une bonne pointure leur fît défaut, elles courraient toujours plus vite et plus loin que ses tongs avachies.

Son baluchon était prêt. Manquait un modeste viatique. Sa vieille continuait-elle à planquer les résidus de son R.M.I. au milieu du paquet de pois chiches ?

Il se rendit à l'aveuglette jusqu'à la cuisine et débusqua la boîte en fer-blanc tenant lieu de coffre-fort. Il prenait possession d'une maigre poignée d'euros lorsque la lumière péta crue.

– Fatima ! s'écria le garçon.

Les cheveux en broussaille, simplement vêtue d'un haut de pyjama d'homme, sa sœur le considérait avec un mélange d'étonnement et de dégoût.

– Qu'est-ce tu fous là, Imran ? T'es venu pouiller ta mère ?

Une brève hésitation, et le beur empocha les biftons.

– C'est une question de vie ou de mort, fit-il, manière de se justifier.

– Pour maman, c'est une question de mort ou de mort. Elle est à l'hôpital. Phase terminale, qu'ils disent. *El kounsir el-kerch*… (Le cancer du ventre…)

– *Bāss merd!* (Sale maladie!)

Fatima emplit une bouilloire d'eau, brancha l'appareil.

– Tu veux un caoua?

– Pas le temps. Faut que je me barre.

– Qu'est-ce que t'as encore fait, comme connerie?

– Rien! Je te jure, c'est pas de ma faute.

– C'est jamais ta faute.

– J'ai juste paumé un sac et ils veulent m'envoyer en Syrie pour m'apprendre à faire le kamikaze.

– Qui ça, ils?

– Des gens que tu connais pas.

La jeune fille saupoudra une cuillerée de café dans un mazagran, y jeta un sucre et versa l'eau tiédasse par-dessus.

– Tu comptes aller où?

– Ailleurs. Parce que, s'ils me retrouvent…

Quand l'arabica se fut déposé au fond du verre, Fatima avala d'une traite l'âcre breuvage.

– Je te vois mal barré, grand frère.

– Merci pour l'encouragement. Et toi, profite pas que la vieille est à l'hosto pour faire la pute.

– Parce que j'ai des seins, je suis une pute?

– Non : parce qu'on les voit.

L'adolescente rajusta sa chemise

– Je te souhaite quand même bonne chance.

– *Choukrane!*

Lesté de son sac, Imran dévala les étages cul sur la rampe, comme il pratiquait quand il était mouflet.

Parvenu dans la rue, il eut la désagréable surprise de découvrir Moulay, assis au volant de sa 306, bras ballant par la portière. De sa main droite, il lissait sa longue et ténébreuse barbe.

– Tu pars en voyage, Imran?

Le jeunot ne se laissa pas démonter.

– Ben oui, je suis venu chercher mes affaires pour la Syrie.

L'homme à la coiffe bleue hocha le menton, apparemment satisfait de la réponse.

– C'est bien, *weld-i*! Je savais qu'on pouvait te faire confiance. Monte. J'aurai peut-être un travail pour toi, cette nuit.

– Quel genre de boulot?

– Réparer tes erreurs, *inch Allah*!

Sous prétexte de lacer ses Puma roses, Imran tâtonna sous le siège de Moulay. Du bout des doigts, il palpa le calibre entortillé dans un mouchoir. Que l'arme ne fût pas dans la poche de son chef le rassura.

Peut-être à tort.

Sourate 4

AN-NISA' (les femmes)

Celles de vos femmes qui forniquent,
faites témoigner à leur encontre
quatre d'entre vous. S'ils témoignent, alors confinez ces femmes
dans vos maisons jusqu'à ce que la mort les rappelle. (Verset 15)

23 heures 55

Studio, rue Albert-Benloulou, Paris 13e

Pas joyce de me voir débouler sur son secteur, le commissaire Malendrain ! Il arbore la mine guillerette du séducteur qui vient d'avaler par inadvertance un tube de bromure à la place de son viagra cependant que Paris Hilton se débarbouille mickey dans la salle de bains attenante.

Pas rasé, peu peigné, fagoté à la hâte, il flaire le pionceur extirpé du paddock par Monsieur Haut-Lieu.

– Qu'est-que tu maquilles dans le quartier, San-Antonio ?

– J'ai vu de la lumière.

– Pigé ! Ce sont les Bœufs-Carottes qui t'envoient ?

Mon rictus d'hypocrite navrance confirme sa fausse hypothèse.

« Par pensée, par action ou par omission... », qu'on me ressassait lorsque j'étais enfant de chœur. Comme M. Homais, on omet trop souvent l'omission. Elle constitue pourtant l'un des joyaux de la perfidie.

Malendrain se renfrogne.

– Bon, j'ai plus qu'à retourner me coucher !

– J'allais te l'insinuer. Tu es trop proche de la retraite pour t'octroyer des heures supplémentaires.

Je désigne Nabil qui biche mieux qu'un morbac en villégiature dans le triangle du bermuda de Berthe.

– D'autant que ta jeune recrue te seconde comme un chef !

Le pacha du treizième jette un œil à ses sbires affairés dans l'apparte à leurs tâches investigatrices.

– Tu cherches à me déconsidérer devant mes hommes ?

– Tu te berlures, mon pauvre vieux ! Te déconsidérer ? Mais y a pas un seul flic sur la place pour te considérer ! Chacun sait que t'es arrivé à ton poste grâce à des barres d'appui et sans en fiche une rame !

Commissures écumantes, le commissaire s'évacue en grommelant :

– Ça va pas se passer comme ça, Antoine, crois-moi !

Tu te demandes pourquoi ton San-A vénéré, réputé pour sa générosité, sa grandeur d'âme et son humanisme s'en prend aussi véhémentement à ce ringard de flicard d'arrondissement. Sache que ce fumelard, poussé par le démon de la jalousie, essaya naguère de me faire endosser le paletot de ripoux, moi dont la probité est citée en exemple dans tous les manuels de police. C'est d'ailleurs cette odieuse machination que je dévoile dans mon roman intitulé *L'Empire des poux*, que tu n'as sans doute pas lu pour la bonne raison que je ne l'ai jamais écrit, pressentant que ce titre ou un titre approchant ferait bientôt la rue Michel d'un auteur presque aussi talentueux que moi.

« Assez déconné, priorité à l'action ! » me souffle l'enfant de lutin qui veille à la bonne tenue de mes œuvres. Nabil corrobore :

– Regardez, commissaire, sur le papier peint…

Au bas du galandage, près du tracé figurant la position du corps de Rigobert, quatre lettres ont été écrites à l'aide d'une encre rouge qui m'a tout l'air être du sang.

– CHOH, déchiffré-je.

Une choucarde fliquette est accroupie devant l'inscription. Son regard vert d'eau et la blancheur de sa culotte clignant à l'horizon de sa jupe droite me vont droit à l'âme et me flanquent du vague à la queue d'âne.

– Ce texte a été rédigé par le doigt de l'éventré et avec son sang, m'explique la joliette. Les premières analyses sont éloquentes. Par contre, je n'affirme pas qu'il s'agisse de son écriture.

– Et vous avez raison, confirmé-je. D'après la légiste, le type a très vite perdu connaissance. Je doute qu'il ait eu le temps de se lancer dans la littérature.

– L'assassin aurait lui-même calligraphié le message en se servant du doigt de sa victime comme stylo ? suppute Nabil. Le syndrome « Omar m'a tuer ».

– Ou un émule du *Da Vinci Code*, ajouté-je, pensif. CHOH, ça vous dit quelque chose ?

La gonzesse aux yeux de jade se relève, soustrayant les frondaisons de ses hauts de cuisses à mon ravissement oculaire.

– Cho est un patronyme très répandu dans le quartier chinois, dit-elle. J'ai vérifié. On en dénombre quarante-cinq. Mais pas un seul Choh avec un « h » final.

Le commissaire Malendrain est un enfoiré de première, mais je dois reconnaître qu'il sait enrôler des éléments de qualité pour effectuer le job à sa place.

Sur le buffet, un carillon rococo égrène…

Les événements du
DEUXIÈME JOUR

Sourate 4
(suite)

... les douze coups de minuit.

– Vous avez mené une enquête de proximité ?

– Les premiers résultats ne sont guère encourageants, remise la belle au regard de marais.

– Personne n'a vu Rigobert rentrer chez lui ?

– La plupart des occupants de l'immeuble sont des Asiatiques qui travaillent beaucoup et parlent peu. Les autres, des retraités qui ne travaillent plus et n'ont rien à dire.

– Les voisins de palier ?

– Employés dans des boutiques du quartier, serveurs de restaurants, tous absents à l'heure du retour de la victime. Ils ne connaissent même pas son nom et sont incapables de la décrire physiquement. On glanerait davantage de témoignages en plein cœur du désert de Gobi !

Je jette un rapide coup de saveur dans le studio sans rien remarquer, à l'exception d'une minuscule étoile rouge sur le rebord du lavabo.

– Du sang? demande Nabil qui me suit à la manière d'un rémora, poisson ventouse sur le dos d'un requin pèlerin.

– Probable.

– On va l'analyser.

– Si tu veux. Mais il s'agit sûrement du raisiné de Rigobert. L'assassin s'est lavé les paluches.

Je soulève le rabat de la cuvette des gogues et constate que l'eau stagnante n'est pas limpide : plutôt dans les teintes d'un thé léger.

– Quelqu'un a licebroqué dans les chiottes? claironné-je.

Renseignement pris, aucun des enquêteurs n'a soulagé sa vessie en ces lieux pourtant d'aisances.

J'attrape le verre à dents, le nettoie soigneusement et collecte un déci du liquide jaunasse. Puis j'actionne la manette de la chasse. Le tourbillon est bref, sans puissance, et n'évacue qu'une partie de la pisse diluée.

Tu as trop vécu pour ne pas connaître le désagrément d'une trombe mal réglée qui refuse d'engloutir ton colombin, avoue!

– Pratiquez une recherche d'A.D.N. dans cette urine résiduelle, décidé-je en désignant le gobelet à ratiches.

– Il y a de fortes chances pour que cette miction soit due au locataire du studio, objecte la gazelle au regard pers.

– Très juste. Mais elle peut également provenir du meurtrier. Les émotions fortes provoquent souvent un relâchement des sphincters.

– Cette analyse aussi sera faite, tranche le frais émoulu capitaine. Autre chose, commissaire?

– Oui. Je voudrais rencontrer la fille qui a découvert le corps.

– Le lieutenant Derrien va vous accompagner au commissariat; moi, j'ai encore quelques détails à régler ici.

As-tu deviné que le lieutenant dont on cause est une lieutenante aux yeux verts et à culotte blanche?

Et qu'elle se prénomme Hermine, Miss Derrien?

0 heure 28

Commissariat du 13e

La cage à poules affiche complet en cette période houleuse de la noye. Mlle Hangraive, la compagne de Rigobert, somnole, coincée entre un pochtron cambodgien et un travelo défraîchi qui proclame haut, fort et non sans quelque raison que les hommes sont tous des enculés.

Hermine fait signe à la jeune femme de la suivre et l'entraîne vers la salle des inspecteurs.

Plutôt groggy, la nana du préposé de la rue des Morillons. Faut dire qu'en guise d'objet trouvé, elle a été fadée.

Fausse blonde avec des mèches roussâtres collées au gel, yeux globuleux, bras et pattes grêles, la taille plus bombée que la poitrine, elle ressemble à ces langoustines cartonneuses qui émaillent les poêlées de paella pas fraîche à Palavas-les-Moules.

– Il aurait pas dû être éventré, Rigobert, il méritait plutôt qu'on lui coupe les couilles !

marmonne-t-elle dans une incantation réservée à son seul usage.

– Il avait donc des ennemis ? suggère la lieutenante.

– En tout cas, pas d'ami.

– Alors, pourquoi restiez-vous avec lui ?

– Parce qu'il me baisait bien. Avant, je vivais avec un type sympa, seulement il s'endormait pendant le journal de Poivre d'Arvor. Vous n'auriez pas une cigarette ?

– Désolée, ici c'est un commissariat « sans tabac ».

– Un cigare, ça vous irait ? interviendus-je.

– Mieux que rien.

– Allez voir dans le bureau de Malendrain, Hermine.

– Il ne fume pas non plus.

– Oui, mais il accepte les havanes qu'on lui offre. Il n'a peut-être pas encore tout revendu.

Je profite de notre seul à seul pour entreprendre la môme Hangraive (dont le préblaze est Mélusine, je parie que tu t'en doutais). Je lui cramponne la main et la presse dans la mienne.

– Un sacré loustic, votre copain, susurré-je.

– Il tirait tout ce qui bougeait ! Remarquez, il avait les moyens : il triquait nuit et jour.

– Un mari jaloux aurait pu lui fendre la peau, non ?

– Pourquoi pas ?

Je sors mon inséparable calepin noir, y rédige les quatre lettres fatidiques du San-Antonio Code : CHOH, et le plante sous le nez de Mélusine.

– Qu'est-ce que ce mot vous évoque ?

– Il s'agit d'un nom de famille ?

– Peut-être.

– Choh… Choh…, répète-t-elle. Un chow-chow, le chien chinois ? Mais ça s'écrit pas pareil. En tout cas, c'est asiatique. Il y a un paquet de Cho, dans le coin, mais sans « h » à la fin. Mon épicier s'appelle Cho, mon coiffeur aussi… sans parler du Cho-Show, le night-club de la rue Couillaboeufs. On y allait souvent, avec Rigobert. Depuis quelque temps, il se tapait Ho-Li, la sœur du patron. Il voulait même qu'on partouze ensemble. C'est pour ça qu'on s'est chicanés, hier. Mais moi, les filles, c'est pas mon truc. J'ai essayé une fois, comme tout le monde, avec une serveuse qui m'avait branchée dans un bar. J'étais tellement pétardée que j'en ai gardé aucun souvenir. Vous voyez que je suis pas une fan de la pelouse.

– Vous dites qu'elle s'appelle Ho-Li, la conquête chinoise de Rigobert ? soufflé-je, taraudé par une idée aussi grenue que soudaine.

– Une vraie poupée ! Et puis vicieuse, à ce qu'y paraît.

Sur le carnet, j'inscris : CHO HO-LI.

Imagine que tu n'aies pas le temps de tracer les trois dernières lettres de ce nom-là, que reste-t-il ?

CHO H !

Retour d'Hermine, porteuse d'un paquet de cigarillos.

– Vous aviez raison : une vraie grotte d'Ali Baba, l'armoire du patron : des cigares, des alcools fins, des vins classés, du champagne, des bocaux de truffes et de foie gras…

Je la coupe net :

– Une petite virée en boîte, ça vous dirait, là, maintenant, tout de suite ?

L'eau turquoise de son regard s'irise.

– Ça serait cool, mais je suis de service.

– Eh bien, justement…

Sourate 5

AL-MĀ-'IDAH (la table servie)

Vous sont interdits la bête trouvée morte, le sang, la chair de porc,
la bête étouffée, la bête assommée ou morte d'une chute
ou morte d'un coup de corne,
et celle qu'une bête féroce a dévorée –
sauf celle que vous égorgez. (Verset 3)

1 heure 11
Cho-Show Club, Paris 13e

Sur la scène enfumée, une brunasse aux châsses plus bridées que les mœurs se tortille dans un kimono orangé au rythme d'une musique laquée impériale, pâtée pour conduit auditif.

Le cul de la serveuse tiendrait dans ta main et sa main dans ta narine gauche. Ce fion ondule entre les tablées braillardes composées d'Asiates éméchés et de touristes fourvoyés.

La niaquouette nous désigne un guéridon à peine plus vaste qu'un confetti pygmée.

– Tout ce qui reste ! aboie-t-elle, aimable comme une mangouste découvrant un naja en gros câlin avec ses petits.

– Ce sera parfait, onctuosé-je.

J'aide Hermine à s'installer sur un pouf, et aligne mon paf sur le siège voisin.

– Quoi pour boire ? s'impatiente l'hôtesse.

– Coca Light ! commande ma compagne.

– Deux.

– Même prix que champagne ! nous sermonne la teigne.

– Ho-Li est là ? yodlé-je tout à trac.

– Qui ça ?

– Ho-Li, la sœur du patron.

– Pas vue ce soir.

Miss Aigre-Citron tourne les talons. Je la retiens par la manche satinée de son chemisier.

– Va dire à ton singe qu'on veut lui parler.

La chinagote me toise.

Tu sais qu'elle sera jolie, le jour improbable où elle acceptera de sourire ?

– La police, hein ? Attendez un moment.

Roulement de tambour, lumière noire sur l'estrade. La teaseuse stripe d'un coup. Comme par enchantement, elle se démet de sa robe citrouille et se retrouverait à poil si elle n'avait pris la précaution de se raser la case trésor.

Ovation ! Concert d'applaudissements ponctué de sifflets admiratifs. Aujourd'hui, il est plus valorisant de dévoiler le fond de sa culotte que celui de sa pensée. Et surtout moins compromettant.

Un obèse, style videur en tenue de sumo, vient se planter devant notre table. Il me tend une liasse d'euros grand format.

– Pour les œuvres de la police !

Je rafle les talbins et les fourre dans sa culotte bouffante.

– Pour le personnel !

Le mastodonte ne bronche pas. Son regard extra-vide impressionne davantage que son ventre archiplein.

– Vous allez quitter l'établissement, énonce-t-il sans presque remuer les lèvres.

Hermine approche sa bouche de mon oreille. Son souffle développe un arôme délicatement framboisé – tu ne voudrais pas qu'une telle beauté abrite un rat crevé derrière sa prémolaire – dont la suavité m'enfièvre le lobe.

– Il faudrait peut-être demander de l'aide, me chuchote-t-elle.

Je me gondole ostensiblement.

– Vous plaisantez ? On ne va pas déranger la cavalerie pour ce gros tas de merde !

Ce disant, je déplie mon genou avec une virulence très zidanienne. Mister Sumo morfle ma pompe plein pot dans le soubassement. Ses roubignoles, juste protégées par son calbute de gros dégueulasse à la Reiser, lui remontent jusqu'aux amygdales. Il ploie des gigots, servant sur un plateau sa mâchoire à mon front. Encore une zizouade, avec la tête, cette fois. Vue la robustesse du sujet, je double puis triple la mise : et un, et deux, et trois !

Dans une apocalypse de verroterie brisée, Hercule Safran s'effondre pour le compte sur la table voisine, déclenchant un concert d'orfraies.

Flegmatique, je hèle la serveuse d'un claquement de doigts :

– Appelez-moi le patron, s'il vous plaît, et n'oubliez pas nos Coca Light.

Quelques instants s'écoulent, puis M. Cho La-Pin nous reçoit dans son burlingue.

Costume gris perle de belle coupe, sourire de l'époque Ming, le taulier frise à peine la trentaine et encore moins sa chevelure de jais taillée au cordeau. Son œil de guerrier mandchou fraîchement décapité foutrait la diarrhée verte au parrain des triades de *L'Année du Dragon*, et même à un yakuza acculé dans son jacuzzi. (Je sais, je pète parfois les câbles, mais si tu savais comme ça me change de Canal Plus !)

Le type nous observe, impassible. Il s'attarde à la contemplation d'Hermine avant de s'exprimer d'une voix doucereuse, modulée par un léger accent formosan.

– Je vous connais, mademoiselle. Votre grande beauté et la splendeur de vos yeux ne s'oublient jamais. Vous appartenez au commissariat de notre arrondissement. Aussi suis-je surpris que vous-même et votre honorable collègue (il me désigne) ayez pris le risque de venir semer le trouble au cœur de mon humble établissement. Que cherchez-vous au juste ?

– L'assassin de Rigobert Lingueau, répliqué-je.

– Je ne connais pas cet individu.

– Il est pourtant l'amant de votre sœur Ho-Li.

Cho La-Pin dresse un demi-cil, ce qui, chez lui, doit constituer une marque de stupeur.

– Modérez vos assertions, monsieur le policier. Ma sœur est une respectable jeune femme qui suit de brillantes études en Sorbonne. Elle est officiellement fiancée avec notre cousin Cho De-Van qui dirige les vingt-sept restaurants appartenant à notre société. Si elle avait un amant, je le saurais et ne le tolérerais pas. Je vais donc vous demander de vous retirer sur-le-champ. En outre, je tiens à préciser que le commissaire Malendrain sera informé de la stupidité de votre zèle.

– Très bien, dis-je en me levant. Puisque vous refusez de coopérer… Hermine, ralliez vos effectifs disponibles. De mon côté, je vais solliciter des renforts à la P.J. Je veux une perquisition en règle de ce bouclard.

Une vingtaine de broquilles plus tard, la cagna est investie par une escouade de lardus. Un tantinet malmenée, la tradition maison devant être respectée, la clientèle reflue vers la sortie. Les plus dégourdis s'arrangent pour esquiver la douloureuse et décamper sans carmer.

M. Cho assiste imperturbable à la débandade. S'il compte encore sur le condé de Malendrain, il va l'avoir dans le prosibus very profond.

Un groupe de matuches s'est déjà jeté sur la compta, épluche les additions, séquestre le liquide, inventorie les boutanches. Aucun d'entre eux ne dispose de la qualification nécessaire à une réelle vérification, mais ce tintouin fait partie du spectacle. Une perquise sert autant à déstabiliser les suspects qu'à engranger de véritables indices.

Escorté de trois bourdilles en tenue et de la blanche Hermine – dont j'espère apercevoir prochainement un bout de peluche noire –, je pars en investigation dans l'estanco. Cho La-Pin nous accompagne, armé de cette résignation dont seuls savent témoigner les Asiatiques et les grands malades.

Au terme d'un méandreux couloir, nous débarquons dans une salle de jeu protégée par deux portes capitonnées formant un sas. Une chiée de magots, mégots au bec, tapent le carton en piaillant dans un brouillard quasi londonien.

– Vous faites aussi de la concurrence à la famille Partouche ?

La-Pin esquisse un sourire.

– Ce ne sont là que quelques amis conviés à une amicale partie. Vous pouvez constater vous-même : ici, pas d'argent ; on joue avec des haricots de soja, cette monnaie de jeu n'est pas interdite par la loi, que je sache.

– On foufouille tout le monmonde, cocommissaire ? présume un bribrigadier légèrement bébègue sur les bobords.

– Inutile ! M. Cho est un petit futé. Vous ne dégauchirez pas un centime d'euro dans cette pièce. Faites vérifier l'identité de ces gogos et virez-les avec perte et fracas, histoire de les décourager.

Bien que son faciès ne reflète guère plus de sentiment que le projet de traité sur la Constipation européenne, je devine un certain soulagement chez La-Pin.

– On continue la visite ? propose-t-il, essayant de nous entraîner vers la sortie.

Je désigne une fresque mongoloplâtreuse agrémentant le fond du tripot, décor vers lequel il n'a pu s'empêcher de lancer un coup d'œil qui n'a pas échappé à ma saga... ? Cité ! Bien, tu retiens les leçons !

– Où mène cette porte ? questionné-je sur un ton badin.

– Ce n'est pas une porte, mais un panneau allégorique.

– On parie ?

Pari tenu. Et gagné !

En pressant sur le nombril du bouddha central, on déclenche l'ouverture d'une issue donnant accès à un entrepôt dérobé.

Bingo !

Des milliers de cartouches de Marlboro *made in China* sont empilées dans le local.

– Consommation personnelle, je suppose ?

– Il est vrai que je fume beaucoup.

Je contourne l'accumoncellement de cancers en conserve et me cabre devant un corps de femme tassé dans un recoin.

Ce n'est pas la nicotine qui a eu raison de sa santé, crois-moi, mais une bastos de beau calibre plombée au milieu du front.

– Et ça, c'est pour confectionner des nems ? de-mauvais-goût-plaisanté-je.

Le Mandarin s'est pétrifié. Il déjaunit à vue d'œil, comme un slip de Béru lavé avec Mir laine.

– Ho-Li ! s'exclame-t-il. Par Confucius, ma petite Ho-Li...

Silence de rigueur.

Sans précipitation, Hermine dégage une paire de menottes.

– Monsieur Cho, je vais me voir dans l'obligation de vous placer en garde à vue.

La-Pin recueille du bout de la langue une larme furtive cascadant de sa pommette.

– Attendez ! Accordez-moi quelques heures et je vous livre l'assassin de ma sœur et de l'autre homme... Comment s'appelle-t-il, déjà ?

– Rigobert Lingueau.

– Vous avez ma parole d'honneur.

2 heures 52

Rue Nationale, Paris 13e

Retour vers la Maison Parapluie du treizième, Hermine pilote nerveusement. Merveille des boîtes manuelles qui contraignent la conductrice à déplacer fréquemment la jambe droite ! Sous l'effet de cette agitation, la jupe de la lieutenante remonte insensiblement le long de ses cuisses, jusqu'à me laisser rentrevoir la virgule blanche qui avait déjà suscité mon émoi.

– Nous avons pris un gros risque en n'interpellant pas Cho La-Pin, déclare la fille, visiblement tracassée.

– Le « nous » collectif me va droit au cœur, apprécié-je. J'estime que libre, le caïd de la mafia chinoise nous sera plus utile qu'incarcéré.

– Est-ce vraiment raisonnable de lui transmettre le dossier Rigobert ?

– Ce type a davantage d'influence dans le quartier que tous nos pandores réunis. Rassurez-vous : j'assume toujours mes initiatives et le cas échéant, je vous couvrirai.

– Je ne m'inquiète pas pour ma carrière. J'ai une maîtrise de droit et plusieurs sociétés me font déjà des appels du pied. Simplement, vous me déboussolez un peu en maltraitant les règles qu'on m'a enseignées.

– En ce qui concerne Mélusine, en revanche, je souhaite que vous vérifiiez son emploi du temps de la journée. Son jules infidèle éviscéré, la maîtresse exécutée…

– Vous pensez qu'elle aurait pu commettre ces deux meurtres ?

– Même si elle ne présente pas le profil d'une vengeresse démoniaque, elle demeure une suspecte potentielle. Un bon alibi ne nuirait pas à son curriculum.

– C'est un homme comme vous qu'il me faudrait. En tant que patron, bien sûr…, s'empresse-t-elle de préciser.

– Je ne sais comment se comportera votre prochain boss, mais je vous promets que Malendrain va se retrouver vite fait muté à Aurillac. Et avec mes copains du Cantal[1], il n'aura pas la partie belle pour magouiller.

Hermine se gare en bataille sur le parking du commissariat. Ses yeux de divinité balinaise me transpercent jusqu'au scrotum.

– Je suis de service jusqu'à 7 heures 30, murmure-t-elle. Si vous veniez m'attendre, on pourrait prendre le petit-déjeuner ensemble. J'habite à deux pas.

Sonnez les matines ! Avec tous les croissants qui me guettent au petit morninge, je vais me choper une dose de cholestérol incommensumémorable ! Et ça, c'est pas terrible pour la gloriole. Car si un héros a le droit d'être blessé, il a le devoir de n'être jamais malade.

En attendant les biscottes, j'attire Hermine la gironde dans le giron de mes biscotos. Mes labiales dégustent ses papilles tandis que mon meilleur médius explore son entre-deux. Même au toucher, j'identifie l'immaculence de son

1. Puisqu'on parle d'Auverpiots, j'adresse au passage une affectueuse pensée au Jacques et au Jean-Louis qui sauront se reconnaître.

slibard. Sache en effet que notre pauvre monde est régi par les ondes : la couleur, la lumière, la chaleur, le son, les odeurs ne sont que des vagues que nos sens alpaguent au petit bonheur la science.

Une brûlante interrogation me triture néanmoins les méninges : laquelle, d'Angélique ou d'Hermine, récoltera aux aurores ma probende ?

Comment aurais-je pu imaginer en cet instant qu'une tierce femelle allait bénéficier de mes faveurs matutinales ?

Pour l'heure, pas le temps de programmer mes aubes, vu que le bigophone trépide dans mon bénard. Je le transbahute jusqu'à ma portugaise favorite.

– Antoine ?

J'identifie illico l'organe d'Angélique.

– J'aimerais avoir votre avis, souffle la légiste d'un ton oppressé. Je viens de faire une inquiétante découverte…

Sourate 6

AL-AN 'AM (les bestiaux)

Du mort il fait sortir le vivant,
et du vivant il fait sortir le mort. Tel est Allah. (Verset 95)

3 heures 3
Appartement sur cour, impasse Alexandre, Vanves

Moulay semblait s'être assoupi dans le fauteuil. Seulement, ce genre de fauve ne roupille jamais que d'un œil. Sa calotte bleue avait glissé sur son front, dévoilant un crâne parsemé de rares cheveux humides et tortillonnés comme des poils de pubis.

Imran savait qu'un tournevis était rangé dans le tiroir de la console. L'envie le démangeait de s'en emparer et d'aller le planter dans la fontanelle du dormeur. Hélas, l'envie ne suffisait pas chez lui à engendrer le courage.

Se diriger à pas feutrés vers l'entrée et prendre la poudre d'escampette ? La tentation était forte, mais la tentative risquée : la porte était peut-être fermée à clé et la clé logée dans une des poches de son garde-chiourme ?

Mieux valait attendre une meilleure occasion, si toutefois il s'en présentait une.

Imran re regretta pas d'avoir sursis à ses projets lorsque retentit la sonnerie du téléphone. Immédiatement en éveil, Moulay empoigna le combiné.

– Ahmed ? *Ki ra-k dayer ?* Bien. Bravo. *El-Lāh yesselm-k !*

Il raccrocha et rajusta son couvre-calvitie.

– Grâce à Dieu et à nos informateurs dans la police, nous avons peut-être localisé ta vieille. La patience est une vertu que nous enseigne le Prophète. En route, *weld-i*!

Le gamin se recroquevilla, mains nouées sur le ventre.

– Je pourrais aller faire pipi, avant de partir ?

– On agit mieux la panse libre.

Imran s'enferma dans les toilettes, ouvrit sa braguette, dégagea son sexe qu'il avait long et fin comme une asperge du Vaucluse trop cuite, le laissa pendiller au-dessus de la cuvette. Il poussa sans conviction. Aucune gouttelette ne vint perler à son méat.

Agacé, il rengaina, sortit son portable et pressa sur le bouton bis. Quelqu'un décrocha dès la première sonnerie.

– Allô, Abdel ? T'es en bas ? Avec ta bécane ? O.K., tu sais ce que t'as à faire ? Mais oui, mon frère, un paquet de thunes, j'te jure. Tu vas pouvoir te la yéper, ta Kawa six cylindres. Surtout, tu nous lâches pas d'une semelle. Tchao, à plus, j'te rappellerai.

Pour donner le change, Imran tira la chasse.

Sourate 7

AL-A 'RAF (entre le paradis et l'enfer)

Ceux qui traitent de mensonges nos enseignements,
nous allons les conduire vers leur perte par des voies
qu'ils ignorent. (Verset 182)

3 heures 17

Institut médico-légal, Paris 12e

Je reluque l'étiquette nouée à l'orteil de la vieille femme. Son nom et son adresse y sont inscrits comme sur les valbombes en partance dans une aérogare. Mais je crains que les cieux que son âme visite ne soient pas aussi bleus que l'annonçait le prospectus au jour de sa naissance. Elle a dû en traverser, des zones de turbulence, et boucler serrée sa ceinture avant de finir, momie écartelée, dans ce baquet de la morgue. De sa nudité la misère transpire davantage que des hardes qu'elle devait porter au temps de sa verticalité. L'obsédante détresse d'un humain se lit toujours sur sa dépouille. Au fond, ce pourrait être Félicie, cette vieillarde charcutée par le bistouri de la science et de la bonne conscience. J'invoque ici l'image de ma brave femme de mère qui doit dormir en notre pavillon d'un sommeil dont elle se réveillera sans doute, mais pour combien de nuits encore ?

Angélique me tend un cappuccino qui, à l'instar de l'ingénieux Fulgence, sera le bienvenu.

– Je vous présente Éloïse Habélard, commissaire. Cette brave mémé me pose problème. Figurez-vous que je n'ai trouvé aucune trace de suie dans ses poumons.

– Elle n'a donc pas inhalé de fumée, poursuie-je. Ce qui signifie qu'elle était décédée avant l'incendie.

– Ce n'était qu'un début d'incendie. D'après les sapeurs qui sont intervenus, elle a renversé son réchaud, le pétrole a enflammé le lino qui s'est consumé lentement. C'est la fumée qui a attiré l'attention des voisins.

Je sirote mon moka à petites lampées.

– Vu son âge et son délabrement physique, elle a pu succomber à un arrêt cardiaque, non ?

– Envisageable ! Quoique je n'aie détecté aucune cause apparente. Pas de caillot, appareil circulatoire et cœur compatibles avec un fonctionnement normal, valvules auriculo-ventriculaires en bon état…

– Une défaillance due à une vive émotion, un bruit intempestif ? avancé-je.

La légiste secoue vivement la tête. Dans le même mouvement, les pointes de ses seins dansent sous la blouse insouillée qu'elle a eu le bon goût d'enfiler avant de m'accueillir.

– Ses animaux n'ont pas été asphyxiés non plus ! Et on ne peut pas supposer que le chien, le chat, le canari et les cyprins dorés soient également morts d'un coup de stress !

Cette fois, je commence à piger les arrière-pensées de la toubib.

– Sans être expert, j'imagine que l'infarctus n'est pas la première cause de mortalité chez les poissons rouges, admets-je.

– Tous les êtres vivants ont été anéantis au

même instant dans le local. Y compris les insectes et larves endémiques parasitant les sujets. De ce fait, leur processus de prolifération s'en est trouvé retardé.

– Vous pensez qu'un empoisonnement général serait à l'origine de l'hécatombe ?

– Je n'ai pas relevé de substances toxiques dans l'appareil digestif de la femme, ni d'ailleurs de celui des bêtes.

– Pourquoi pas tout simplement une émanation de gaz de ville ?

– Le schéma clinique ne correspond pas, rétorque Angélique, catégorique. Et puis, les pompiers ont déjà éliminé l'hypothèse. Le logement n'était pas raccordé au réseau et aucune fuite n'a été détectée dans l'immeuble.

– Alors ?

– Un autre produit volatil, vraisemblablement. Un gaz indécelable, du moins en l'état de mes compétences et du matériel dont je dispose.

– Un gaz inconnu, mortel, indétectable, soupiré-je. On nage en pleine anticipation !

– A moins que nous ne vivions les prémices de

la fameuse guerre chimique annoncée à grand tapage par les médias ?

– Les hommes du feu ont-ils été incommodés ?

– Ils ne m'ont rien signalé.

– Cela prouve que le gaz, si gaz il y a, a été répandu en quantité modérée et que ses effets s'étaient déjà dissipés à leur arrivée.

Dans les circonstances graves, tu sais que je ne reste pas les deux pinceaux coincés dans la même galoche.

– Je vais faire un tour chez la vieille, décidé-je. Vous, Angélique, mettez tout de suite en branle les ténors de la police scientifique.

– A cette heure ?

– Vous connaissez le numéro de portable d'Amélie ?

– Bien sûr, mais…

– Appelez-la ! Elle est de trempe à rameuter les troupes en pleine nuit. Même si cela doit perturber le sommeil de mon Toinet…

Nouveau coup d'œil sur le code-barres de la défunte Éloïse pour me remémorer son adresse. Et là, mon gueux, une clochette tinte dans la circonvolution de mon caberlot où réside ma proverbiale vigilance.

– Rue Olivier-de-Serres…, marmonné-je.

– C'est dans le quinzième, fait Angélique se méprenant sur mon sens de l'orientation. Vous voyez la rue de la Convention ?

– La rue Olivier-de-Serres coupe la rue des Morillons, continué-je sur le même ton évasif.

– Exact.

– Éloïse Habélard habitait tout près du bureau des Objets trouvés où travaillait Rigobert Lingueau.

– A moins de cent mètres, en effet ; j'ai habité le quartier.

– Et on les a occis quasiment à la même heure, insisté-je.

– Ces détails mis à part, les deux crimes n'ont aucun point commun. Il s'agit d'une simple coïncidence, voyons, me rebuffe gentiment la divine.

Mon trouble doit être contagieux, car Angélique Marquizdez (j'avais oublié de te livrer son blaze complet, excuse) tique à son tour. Elle plante son regard de velours noir au plus profond de mon être, ainsi que je l'écrirais si je ne publiais pas chez Fayard.

– J'ai l'impression que vous refusez de laisser place au hasard, Antoine ?

– Disons que je préfère le dominer.

4 heures 4

Rez-de-chaussée, rue Olivier-de-Serres,

Paris 15e

Le feu est un élément qui ne se laisse pas oublier de bon gré. Longtemps il se rappelle au souvenir de tes narines, crois-moi.

Pas besoin de réveiller la concierge pour dégoter la carrée d'Éloïse. Suffit de se laisser guider par son blair (Tony pour les intimes).

Elle va devoir briquer dur dès potron-minet, la pipelette, pour justifier ses émoluments. Suite au passage des pompelards, le hall est tapissé d'une boue noirâtre faite de flotte et de suie amalgamées dans laquelle force bottes ont pataugé. J'enjambe les flaques, gaffant de ne pas dauber mes mocassins griffés d'un haut bottier.

Entraîné par mon tarbouif, j'atterris à l'intérieur d'une courette égayée par deux thuyas tuberculeux entre lesquels un fil de nylon est tendu. Quelques frusques ayant dû appartenir à la défunte y pendent, telles des pipistrelles piégées par une ligne à haute tension.

Au fond à gauche, une porte démantibulée donne accès chez la vieille. J'allume ma minitorche et investis les lieux. Il ne s'agit pas d'une gaymardière de six cents mètres carrés, la cagna de Mme Habélard, mais d'une remise hâtivement aménagée en pièce à mévivre par des âmes charitables. Tu as remarqué comme on cultive cet art de soulager sa conscience en larguant trois balles à des œuvres ? Et quand je dis « on », je m'inclus, Ducon.

Ils n'y ont pas été de main morte, les casqués ! A grands coups de lance et de hache. Sapeur, mais pas sans reproche, dixit Béru qui connaît la question[1]. Faut reconnaître qu'on ne les engage pas pour des ouvrages de brodeuse,

1. Si t'as pas lu *Un pompier nommé Béru*, t'es vraiment un traître !

les pompiers. Et puis, un jour ou l'autre, on a besoin d'eux pour éviter que ce jour ne devienne le dernier.

Alors, respect ! Ainsi disent les animateurs télé devant une chanteuse de la *Nouvelle Star* sous prétexte qu'elle a vendu trois cent vingt-deux disques à la F.N.A.C.

Quel bourbier, dans le gourbi !

Le panier dépenaillé du clebs vogue dans la gadoue, abordé par le plat merdeux du matou. La cage à serins défoncée dérive entre le bocal fêlé des poiscailles et un réchaud rouillé.

Je progresse dans la turne, prenant pied tant bien que mal sur un gué de gravats et détritus divers et avariés.

Un matelas sanieux offre un brin de rescousse à mes nobles tatanes. Je m'y juche, attrape un bout de lambris en guise de pagaie et me sers de cette gondole improvisée pour naviguer dans la bicoque. Je tire un bord vers le coin bouftance d'où est parti l'incendie.

Une paillasse en formica, un évier ébréché abritant une poêle calcinée, une étagère accrochée de guingois composent l'élégante kitchenette. Un carton d'œufs et une série de vieilles boîtes à biscuits en métal émaillé sont alignés sur la corniche.

Rien de bien exaltant, t'avoueras !

Je m'apprête à retrousser mon chemin lorsque le matelas est brusquement happé en arrière. Déséquilibré, je me raccroche à la tablette qui cède sous ma pression. Les boîtes de Petit-Lu dégringolent dans l'évier, le carton d'œufs s'éventre sur le plan de travail, et je me retrouve agenouillé dans la mélasse.

Avec deux baskets rose fluo pile poil devant mon nez.

Pas le temps de me redresser.

Un brutal coup de bambou s'abat sur ma calebasse.

Mon cervelet décide de prendre ses R.T.T.

Sourate 8

AL-ANFAL (le butin)

Mangez donc de ce qui vous est échu en butin,
tant il est licite et pur. (Verset 69)

4 heures 18

Boulevard Lefebvre, Paris 15e

Dissimulé à l'abri d'une porte cochère, Moulay ne quittait des yeux sa 306, stationnée sur la rive opposée du boulevard, que pour guigner sa montre.

La trotteuse lui semblait ankylosée et les minutes défilaient à un train de sénateur.

C'était risqué d'envoyer en première ligne un bras cassé comme Imran, mais l'émir lui avait recommandé de rester en retrait et de surveiller les opérations.

Depuis la prise de pouvoir de Cheik Idriss et son accession à la tête du mouvement Klām ar-Rassoūl, le Marocain avait retrouvé foi en son combat. Il se savait un exécutant, voire un exécuteur de qualité. Mais il avait besoin qu'un imam lui désigne en permanence la voie de Dieu, lui délivre sans relâche le message du Prophète, guide infailliblement son bras.

Cheik Idriss Sabitt avait su lui insuffler la force qui soulève les montagnes, fait s'effondrer les tours, balaie les infidèles de la surface de la Terre.

Moulay ne partageait pas les réticences d'Ahmed envers ce nouvel émir. Certes, il n'était pas pur sang arabe, mais quelle sublime moitié de sang circulait dans ses veines ! Son teint pâle et ses yeux clairs n'altéraient en rien la puissance de ses convictions. Il fallait vivre avec son temps et laisser son cœur se réjouir de ce que des hommes de bien, les « émirs aux yeux bleus », évadés de l'Occident impur, viennent grossir les rangs des défenseurs de la pensée coranique. Surtout quand ils étaient issus d'aussi noble extraction. Mais il s'agissait là d'un secret que seul Moulay était parvenu à percer.

Une ombre se profila de l'autre côté de l'artère.

« Voilà Imran ! » soupira Moulay, l'esprit soulagé.

Comme convenu, le jeune homme ouvrait le coffre de la Peugeot et y déposait un objet peu volumineux.

« *Sahhit !* (Bravo !) Il les a récupérés ! »

L'information reçue était donc fiable, comme tout ce qui émanait d'Idriss.

S'il suivait le plan à la lettre, Imran devait maintenant monter dans la voiture à la place du mort, et y attendre le chauffeur. Pourtant, il semblait hésiter. Regardait de droite et de gauche.

Moulay fut parcouru du voluptueux frisson de la haine lorsqu'il vit la silhouette du gamin s'éloigner à grands pas sur le boulevard.

Il sortit de l'ombre et marcha vers son véhicule.

4 heures 26
Rez-de-chaussée, rue Olivier-de-Serres,
Paris 15e

Toc ! Toc !

Chez ma bonne maman, les poules s'élevaient toutes seules et allaient pondre là où le croupion leur chantait. Elles ne picoraient que des graines sauvages ou des lombrics du jardin, et profitaient de cette liberté pour disséminer leurs œufs par toute la ferme. Si bien que les cocos qu'on cueillait n'étaient pas tous frais du jour. Je me souviens de la méthode qu'employait ma grand-mère pour repérer les œufs ayant outrepassé la date de péremption : elle les plongeait dans une bassine d'eau : ceux qui coulaient finissaient à la coque, au plat ou en meurette ; ceux qui flottaient, réputés « punais », on les donnait à becqueter aux poules qui les avaient pondus, pour ainsi boucler le cycle de la nature.

Toc ! Toc !

Je vous parle d'un temps que les moins de vingt dents ne peuvent pas connaître. La bohème…

Coup de flash! Douleur lancinante... La bohème!

Comme dans un étrange kaléidoscope, le visage d'Aznavour se superpose aux images de campagne. Je revois le pourfendeur du génocide arménoche souriant devant une assiette de spaghetti, dans un restau de Genève. Luisait dans son regard la douce amertume de ses chansons. Dieu était encore vivant.

Et nous vivions de l'air du temps... La bohème!

Toc! Toc!

Mon délire se relâche.

Toc! Toc!

Ma lucidité point.

Je renais à la vie, ce qui va, *inch Allah*, me permettre de venir à bout de ce roman pour ton intense et incomparable bonheur, me dis pas le contraire, tu me fendrais le cœur.

Toc! Toc!

Je retrousse un cil.

Toc! Toc!

Un œuf tapote contre mon front mi-immergé dans la bouillasse. Un sacré bol que mon nez et ma bouche se soient trouvés hors d'eau, reposant sur le matelas.

Toc! Toc!

D'un geste mal assuré, je repousse l'œuf navigateur. Puis je rassemble mes forces pour recouvrer une stature de bipède.

Du côté de mon occiput, un œuf de pigeon (encore un, tiens!) tente de tresser son nid. Je me frictionne vigoureusement l'arrière du crâne pour endiguer l'hématome.

Combien de temps ai-je patouillé dans le potage?

Opiniâtre comme tu me sais, je repars en inspection dans le taudis. Que fabriquait ici le zigoto qui m'a joué un remake de l'assommoir?

La même chose que moi, sans doute. Sauf que lui savait ce qu'il cherchait. L'a-t-il trouvé? Dans un pareil capharnaüm, difficile de déceler un objet manquant, même pour un cador du jeu des sept erreurs.

Difficile, mais pas impossible. Une preuve? L'absence du carton d'œufs sur la paillasse me saute *immediately* aux quinquets! Pas le moment de chiquer les bégueules. Je trousse mes manches et farfouille dans le merdier en quête de la boîte à œufs.

Résultat des courses : au bout de vingt minutes, je ressemble à un égoutier en vacances dans les cuves d'un pétrolier avant son dégazage sauvage. Mais de carton, macache !

Le seul œuf répondant présent dans la crémerie, c'est celui venu me faire coucou pendant que je bourlinguais dans le sirop : l'œuf flotteur. Il a dû s'évader lors de la chute du carton.

Je le ramasse avec précaution. Sa légèreté me surprend. On pourrait croire qu'on l'a évidé.

Mon petit doigt qui, moins glorieux que le majeur de sa promotion, n'a fourragé que des conduits auditifs durant toute sa carrière, n'en demeure pas moins un excellent conseiller. Il me souffle que si Éloïse Habélard a gobé ce coco, son lopin à la morgue n'est pas usurpé.

J'entortille l'œuf de plusieurs chiffons et le cale dans une boîte de Petit-Lu, après avoir viré les coquillettes qui moisissaient à l'intérieur.

5 heures 47

Institut médico-légal

Lorsque je rapplique à la morgue, Amélie Mathias se trouve déjà à pied d'œuvre. Assistée de deux gus de la police scientifique, elle embarque les reliques de la vieillarde dans une fourgonnette frigorifique.

Elle tique en avisant la dégoulinance de mes nippes.

– Vous avez nagé le crawl dans une fosse à purin, patron ?

– Un exercice dans le genre.

Je lui remets ma précieuse boîte.

– A l'intérieur, tu vas trouver un œuf. Attention ! Il se pourrait qu'il renferme le gaz toxique qui a occasionné le trépas de ta cliente.

– Donc, pas d'omelette incongrue.

– Extrême prudence !

Ma future bru ne peut réprimer un bâillement qu'elle bâillonne d'une paume bienséante.

– Navré de vous avoir tirés des plumes ! Pas facile, le métier de flic, hein ?

– On aime ça. Antoine m'a déposée et a filé direct au bureau. Il va en profiter pour mettre à jour quelques dossiers.

– Comment ça s'est terminé, chez les Bérurier ?

Amélie se marre :

– Les Blanc se sont barrés sur vos talons. Je crois que Jérémie s'est débrouillé pour faire sonner son portable. Il a prétexté un problème de service au commissariat du dix-huitième. Alexandre a ravagé l'appartement et flanqué un coup de boule au coiffeur. Pinaud a vomi tout son muscadet et Berthe s'est foutue en porte-jarretelles. C'est là qu'on a quitté la séance.

Elle marque un temps.

– Je ne sais pas ce que vous lui avez fait, à ma copine, mais je crois qu'elle est déjà en train d'oublier son fiancé. Elle était déjà folle à l'idée de vous rencontrer.

Je dépose un chaste baiser sur la joue de la reine du labo et gagne la funèbre bâtisse. Angélique m'y accueille avec une moue peu accorte.

– Je sais que je ne suis pas très affriolant, m'excusé-je, un chouïa vexé.

– C'est pas ça, maugrée-t-elle. Je pensais être enfin tranquille…

Elle se plaque contre moi et loge son front dans la niche de mon cou.

– Seulement, les nuiteux du quinzième viennent de me déposer un nouveau macchabée ! Pour ma première garde, je suis gâtée.

De l'index replié, je l'oblige à soulever le menton.

– Si on le laissait refroidir un peu, celui-là ?

Je lui gobe les lèvres. Cette fois, sa menteuse s'agglutine à la mienne. Notre baiser serait interminable si, par-delà l'épaule gracile de la légiste, je n'apercevais le corps allongé sur un brancard.

Corps pudiquement recouvert d'un drap.

Drap qui laisse néanmoins dépasser une paire de baskets rose fluo.

5 heures 52

306 Peugeot de Moulay

L'homme à la calotte bleue s'était garé dans une ruelle. Pas question d'attirer l'attention des flics en téléphonant au volant. Et puis... pour converser dignement avec son émir, il fallait préserver son esprit de tout ce qui pourrait le distraire.

– *Es salam'ali-koum, Idriss!* Allah et son Prophète m'ont chargé de t'annoncer une grande nouvelle.

– Fais vite, je n'ai pas beaucoup de temps! répondit l'interlocuteur.

– Les œufs ont été retrouvés.

– *Mebroùk!* (Félicitations!)

– Il n'en reste que dix; la vieille a dû casser les deux autres.

– Ce sera suffisant pour la nuit prochaine. Il faut maintenant les acheminer là où cet imbécile d'Imran devait le faire.

– Je viens de les livrer à l'instant même.

– Notre cause recèle en toi le plus zélé de ses serviteurs.

Moulay retint le souffle d'orgueil qui montait en lui. Ce sentiment était indigne d'un authentique fidèle.

– Je n'ai fait que mon travail, fit-il humblement. Notre pilote, que j'ai réveillé pour la circonstance, m'a dit que les avions étaient fin prêts.

– Et lui ?

– Parfaitement au point, mais il continue à s'entraîner dur.

– *Barak el-Lāh fi-k !* (Que Dieu te bénisse !)

Moulay se racla la gorge.

– Il y a eu un petit problème avec Imran. Il a tenté de s'enfuir et j'ai dû l'empêcher d'aller trop loin...

– Que Dieu l'Unique fasse à son âme *az-Zakāt* (l'aumône) de Sa miséricorde ! énonça l'émir en manière d'oraison.

5 heures 59

Institut médico-légal

Je quitte les cagoinsses de la morgue en renfilant ma veste pouilleuse.

– Un brin de toilette, c'était pas du luxe ! lancé-je. Par contre, mon costard, la première poubelle que je croise va lui servir de penderie !

– Essayez d'abord le teinturier, me conseille

Angélique, affairée autour de la dernière viande froide en date.

– Alors ?

– Trois balles de gros calibre tirées dans le dos. Groupées sous l'omoplate gauche. Toutes mortelles.

Je m'approche et me penche sur le défunté. Il s'agit d'un tout jeune mec, probablement maghrébin, ne présentant d'autre signe particulier qu'une cicatrice en étoile sur la pommette droite.

– Vous pensez vraiment que c'est ce freluquet qui vous a mis out ? s'étonne la fille.

– Je n'ai vu que ses baskets. Mais des pompes d'un tel rose, ça ne doit pas courir les rues du quinzième à cinq plombes du mat' ! Son identité ?

La légiste consulte un bout de papelard :

– Imran Foudraj.

– Adresse ?

– Je ne connais que son nom. La brigade qui m'a livré le cadavre a transmis ses effets personnels au commissariat de l'arrondissement. Un officier ne va pas tarder à rappliquer. Pesanteurs de la procédure…

Je demande à Miss Marquizdez d'appeler mes

collègues de la rue de Vaugirard. Je finis par obtenir le commandant d'astreinte dont le ton harassé laisse deviner des heures de permanence, des semaines de congés pas pris, des années de chienlit administrative.

Impressionné par mon grade, il accepte de me fournir quelques informations sur l'homicide. Le premier rapport indique que le garçon a été abattu sur un trottoir du boulevard Lefebvre, depuis une voiture qui a aussitôt pris la tangente. Une Clio bleue, aux dires d'un S.D.F. qui cuvait sous un porche. Plutôt une Peugeot grise, d'après un autre témoin à peine moins beurré que le premier.

– La victime avait des papiers sur lui, puisqu'on connaît son blaze.

– Juste une carte Vitale.

– Donc, sans adresse.

– Par le fait, non. Mais j'ai planché sur mon ordinateur, et, grâce à son numéro de Sécu, j'ai trouvé où il logeait, se rengorge le matuche.

– Ce sont des flics de votre qualité qui, aujourd'hui, font trop défaut à notre police, le complimenté-je, bien lui mouiller la compresse.

Attendez, je note... Dans le treizième? Décidément... Au combien? Oui... Rue des... Longues-Raies? Tout un programme! Merci bien, capitaine, et bravo!

Je m'apprête à raccrocher.

– Attendez, commissaire. Je tiens à vous signaler un détail troublant : l'assassin a balancé un paquet par la fenêtre de sa bagnole.

– Quel genre de paquet?

– Un sac de la F.N.A.C., avec des fringues de jeunot à l'intérieur. Rien de très palpitant, sauf un mot griffonné sur une feuille de carnet. Juste quatre lettres : CHOH.

Sourate 9

AT-TAWBAH (le désaveu)
Ne prenez pas pour alliés vos pères ni vos frères
s'ils préfèrent la mécréance à la foi. (Verset 23)

6 heures 23

Cinquième sans ascenseur, rue des Longues-Raies

Une choucarde beurette affublée d'une longue chemise à pans d'un bleu ciel délavé s'encadre dans le chambranle. Sa prime réaction est de consulter sa Swatch.

– L'heure légale est atteinte, fais-je en lui décochant mon sourire spécial fin de ramadan.

– C'est à quel sujet ? bredouille-t-elle.

Je lui déballe ma carte zébrée aux trois couleurs de la patrie.

– Contrairement aux apparences, je ne suis pas un clochard, mais un flic qui vient de connaître une nuit difficile. Puis-je entrer ?

La môme s'efface pour me laisser investir son sweet home. Des visites poulardières, elle a dû en recevoir des wagons, ça s'entend à son soupir blasé.

– C't'à propos d'Imran ? Il a fait une bêtise ?

– La pire qui soit, répliqué-je sans prendre de gants. Il est mort.

Je me prépare à une réaction de pleureuse méditerranéenne. J'en suis pour mes frais. La môme se contente de hausser une épaule.

– Ça devait finir comme ça.

– Ça finit toujours comme ça. Mais pas forcément avec trois balles dans le cœur.

– J'ai besoin d'un café, pas vous ?

Elle le prépare à la turque, bien bourbeux, bien balèze. J'évite de commenter que son caoua réveillerait un mort.

– Costaud, mais succulent ! Vous êtes qui, au juste : la sœur d'Imran ?

– Fatima. La seule fille et la plus jeune de la famille. Un vrai bonheur !

Je confie mon derche à un coin de tabouret.

– Quand avez-vous vu votre frère pour la dernière fois ?

– Il est passé cette nuit rassembler quelques vêtements...

– Dans un sachet de la F.N.A.C. ?

– En effet.

– Il ne vit pas ici ?

– Dix-huit mois que je l'avais pas vu.

– Que vous a-t-il dit ?

– N'importe quoi, comme toujours.

– Essayez de vous souvenir.

Fatima se ressert un mazagran ras bord de sa mixture.

– Il avait égaré un sac et des types voulaient l'embarquer en Syrie pour le former aux attentats-suicides, ou un truc dans le genre. Il semblait avoir la trouille.

– Il n'avait pas tort.

– J'ai pensé qu'il s'était encore mouillé dans un de ses coups foireux : un deal de hasch, une mauvaise bagarre ou un vol de bécane...

– Vous avez une idée des types auxquels il faisait allusion ?

– Nous n'avons jamais eu les mêmes fréquentations.

Je gamberge à toute vibure. Les personnages de la nuit défilent rapido dans ma tronche : Angélique-la-légiste, Rigobert-l'éventré, Nabil-capitaine-habile, Hermine-culotte-blanche, Mélusine-la-langoustine, Cho-le-parrain, Ho-Li-brève-rencontre, Éloïse-l'enfumée, Imran-le-matraqueur… Galerie de portraits hétéroclite.

Tous ces êtres entrevus, qu'ont-ils en commun ? La réponse est lapidaire : CHOH.

Je questionne Fatima à propos de ces quatre lettres. Elles ne lui évoquent rien. Ce n'est pas du dialecte marocain. Comme nom de famille, elle connaît des Cho sans « h » final. Le Cho-Show Club, bien sûr, et puis Cho, le marchand de *dim sum* surgelés, Cho, le nouveau proprio du bureau de tabac de la rue Tartemolle… Tu connais la rengaine.

Changeons donc de sujet.

– Imran vous a-t-il déjà parlé d'un certain Rigobert Lingueau ?

– Jamais entendu ce nom. Pourquoi ?

– Parce que celui qui l'a tué est sans doute aussi l'assassin de votre frère.

– Si je pouvais vous aider...

Elle pique une tablette de chocolat noir dans un tiroir et vient s'asseoir près de moi.

– Vous en voulez ?

– Ça requinque le moral.

Dans la piaule voisine, un réveil se met à grelotter.

– Six heures et demie. Va falloir que je me prépare. Je bosse chez Carrefour, à Sainte-Geneviève-des-Bois. C'est pas la porte à côté.

Pourquoi, soudain, dans cette cuisine minable, une bouffée de bonheur me monte-t-elle à l'âme ?

Je raffole des bagnoles de luxe, collectionne les meubles anciens, affectionne les palaces. Et pourtant, c'est bien souvent dans des lieux aussi humbles, avec des gens aussi modestes, que je me sens vraiment vivre. T'expliques ?

Tiens ! Lorsque Ruquier m'invitera pour la promo de ce bouquin, faudra que je consulte Miller. Un psy trouvera sûrement du grain à pilonner dans le mortier de mon inconscient.

Tout en croquant mon carré de Nestlé dessert, je lorgne les cuisses longilignes et dorées sur tranche de Fatima. Juste au-dessous du dernier bouton de sa limouille, un friselis brun laisse présumer que la délicieuse dort sans culotte. Attention : pas pour se la jouer star du porno, mais parce que la lingerie, ça s'use vite et c'est cher !

Presque gêné, je détourne les yeux et mon regard tombe – rassure-toi, il s'en tire avec une bénigne entorse de la paupière – sur une photo de famille posée sur la table dans un cadre tarabiscoté-à-la-menthe. On y voit trois adolescents chahuteurs flanqués d'une gamine rabougrie à leurs pieds.

– La petite fratrie ?

– Mes frères et moi, oui.

On devine que Fatima a dû morfler sec, au milieu de ces lascars.

– Comment s'est passée votre enfance ?

– Vite. J'étais une bonniche, j'ai eu mes règles et je suis devenue une pouffiasse.

Elle désigne le plus grand du trio.

– Lui, c'est l'aîné, Mouloud. En ce moment, il

est à Fleury-Mérogis. Aziz, le second, a préféré aller vivre dans le Midi, alors il est aux Baumettes.

Son doigt s'attarde sur le jeunot de la bande.

– Et là, c'est ce pauvre Imran.

N'étant point presbyte, inutile de te le rappeler, ma belle, j'approche la photo pour mieux dévisager le garçon.

– Il a sacrément changé, dites donc !

– C'est une vieille photo.

– Il n'avait pas encore sa cicatrice…

– Quelle cicatrice ?

Mon pouls s'accélère.

– Sur la joue, une espèce de croisillon.

– Imran n'a jamais eu de cicatrice sur la figure.

Mon guignol s'emballe pour de bon.

– Portait-il des baskets roses ?

– Oui. Il les avait même aux pieds, cette nuit. C'étaient ses chaussures fétiches. Il les mettait toujours dans les grandes occasions, histoire de se faire repérer, le ballot !

Je me sens désem ? Paré ! Dans le mille, Émile !

Les tatanes fluo, la carte Vitale d'Imran, mais une cicatrice en plus. Vous avez dit bizarre ?

Fatima renifle ma dubitation (c'est nouveau, ça vient de sortir) et une vague espérance illumine son minois.

– Si vous m'expliquiez…

– Essayez de me fournir une particularité physique de votre frère !

– Je ne vois pas…

– C'est très important !

La gamine actionne sa moulinette penseuse. La réflexion engendre une drôle de gymnastique sur ses muscles faciaux. Son visage oscille entre l'effigie d'une madone et celle d'une gorgone.

– Y a bien un détail, mais je sais pas si j'oserai…

– Osez, osez !

– Imran avait, paraît-il, un zizi très long et fin. Je ne l'ai jamais vu, grâce à Dieu, mais les aînés se moquaient de lui. Ils l'avaient surnommé « la Merguez » !

Je plonge la main dans mes vagues et ramasse mon portable. Fatima s'éloigne pour me laisser jaspiner à mon aise.

Je la regarde déambuler. Son vêtement de nuit est resté coincé entre ses miches en pomme d'apine. Crois-moi, ce spectacle est plus triquant que tous les shows du Crazy Horse.

Angélique ne paraît pas surprise de mon coup de fil.

– Antoine ? J'allais justement vous appeler… à propos de votre proposition de petit-déjeuner.

Je lui sectionne la chique :

– J'aimerais que vous me décriviez le sexe de votre dernier patient, celui aux baskets roses…

Interloquance au bout des ondes.

– Eh bien… masculin !

– Je ne parle pas de son genre, mais de son sexe, son agace-frifri, son agenor, son alezan fougueux, son alfred, son ami Ricoré, son anguille de calbar, son archet, son asparagus, son badigeonneur de fréquences, sa baratte bretonne, son bambou, son balancier perpétuel, son bangala, son bâton de maréchal, sa bébête à moustache, son bec verseur, son bigorneau fureteur, son bigoudi chauffant, sa berdouillette, son bigoudoche, son bilboquet à moustaches, sa biroute, sa bistougne, son bistouquet, son bistochard thermostatique à injection directe, sa bite, son braczif, son braquemuche, son brise-motte, son butoir, son cacatois, son camarade à l'œil d'amande, son casse-noix, son chauve à col roulé, sa cheville d'Adam, son chibrac, son chibouck, son chignolard, sa chopine, son cigare, son clapougnard, sa clarinette baveuse, sa cocagne, son compteur bleu, sa colonne Maurice, son concasseur à chagatte, sa croquette, son cornet à piston, sa couleuvre de broussaille, son cyclope à col monté, son dardillon, son déberlingueur, sa défonceuse, sa durandal surtrempée, son enragé du trou normand, son étendard avec gland, son étouffe-chrétienne, son fifrelot, son fifre à breloque, sa flèche, son fouinozoff à tête chercheuse, sa friandise casquée, sa fusée Ariane, son Gemini VII, son général massue, son glandoche, son glafouneur, son godemuche, son groume, son guignol, son guiseau, son iguane de braguette, son injecteur, sa jauge à amour, son javelot Olida, sa lance à incendie, son levier de forceps, sa livre sans os, son lutin folâtre, son malabar, son manche à gigot, son mandrin fouilleur, son Marius, son marteau-pilon, son mât de misère, sa membrane fureteuse, son métronome baveur, son minaret, son missile, son mister Hyde, son module lunaire, son moyeu, son Narcisse, son Nestor, son Nostradamus, son oncle Benjamin, son os à moelle, son outil à faire reluire, son ostrogoth à crinière, son ovni, son paf, son palonnier de navigation, son panais, son panoche bulbeux, son pendule de foucade, son périscope à vaseline, son perturbateur de draps de lit, son petit gaulois à tête ronde, son pic à glace, son pilon à clitos, sa pine, son pistolet à délices, son plantigrade, son poinçon, son poireau, son polak, son Pollux, son Popaul, sa Proserpine, son profuseur à délices, son pupille de la nation, sa protubérance, sa queue, son radis noir, son rouleau à pâtisserie, son sabre à roustons, son scoubidou farceur, sa sentinelle à foutraille, son serpent veninœud, son souverain ponceur, son Stromboli, sa tige de sucette, son tisonnier, sa torpille, sa toupie fantasque, son trémolaire bougnazé, sa tringle à frissons, son tromblon, sa tronchonneuse, son vigoureux, son vilebrequin baladeur, son zeppelin, son zibroque, son zifolet, son zifolo, son zigomar à béquille, son ziguigui, son zigougnof, sa zimoulette, sa ziquette, sa zize, en un mot : son zob[1] !

---

1. Complète cette liste alphabitique, toi qui n'as rien à branler de tes dix doigts.

– Que voulez-vous que je vous en dise ? bredouille la légiste, un rien séchée.

– Son pénis est-il normal ?

– Mon expérience personnelle est plutôt limitée, mais, selon les critères anatomiques, oui, il entre dans les normes.

– On ne pourrait pas le comparer à une merguez, par exemple ?

– Non. Plutôt à un nem, si vous tenez à une référence culinaire.

– Merci, toubib.

– Attendez, je…

Je raccroche. La beurette est abasourdie.

– Qu'est-ce que ça signifie ? articule-t-elle.

– Que ce n'est pas Imran qu'on a abattu, mais un garçon qui portait ses fringues. Un jeune Arabe avec une balafre en étoile sur la joue.

– Abdel ! s'exclame la gosseline. Une racaille qui rackettait mon frère et se pavanait toujours sur une grosse moto. Je me souviens de sa cicatrice à la joue due à un malencontreux tesson de bouteille. Je ne connais même pas son nom de famille…

– On fera parler le cadavre.

Fatima demeure un long moment les yeux perdus dans le vague.

– Vous n'avez pas l'air soulagée !

– Si, si, je suis soulagée. Mais, maintenant que je sais Imran en vie, je recommence à m'inquiéter pour lui…

Comment pourrais-je l'encourager, moi qui, sitôt que l'optimisme me gagne, me demande ce que ça cache ?

Seul son accomplissement nous débarrasse d'un mauvais présage.

Ce que les mots ne savent exprimer, les gestes parfois le disent. Je lui tends la main. Elle la saisit et se laisse insensiblement attirer contre moi.

T'as dû le remarquer, lorsque tu es assis, la poitrine d'une femme debout (à l'exception de Mimie Mathy et d'une basketteuse russe) arrive scrupuleusement au niveau de ta bouche. Je profite de l'aubaine pour aspirer la pointe de ses seins, tour à tour, pas faire de jaloux.

Fatima rejette la tête en arrière, aspirant avidement l'air ambiant (en attendant mieux). Je l'attrape par les hanches et l'incite à m'à-califourchonner.

Le contact de sa founette contre mon versant sud m'embrase le bas rein. Il en faut moins pour que le coq gaulois relève la crête et se dresse fièrement sur ses fumerons.

Sentant s'enfler la bête, la belle se frotte contre ma fermeture Éclair et interprète un effréné solo d'harmonica à crinière sur les dents de la glissière.

Elle s'agite de plus en plus vergetigineusement, glapissant comme une portée de chacals portant le shako. Et moi, tu le cons-tâtes, j'en perds la boule, Raoul !

Tout en se fourbissant avec frénésance la mandoline, Fatima arrache ma veste, déchiquette ma chemise pour mieux me labourer les endosses.

Mon siège vibre. Jamais tabouret n'aura tant mérité le qualificatif de marocain.

Un typhon de félicité agite la mignonne, prolongé d'un interminable râle de larron crucifié.

A l'issue de ce premier fade, mon bénouze s'apparente au mouchoir de Pinuche après sa crise de coryza. Je le largue sans ménagement, ce

Cerruti étant irrévocablement voué aux Emmaüs.

Dong ! Deuxième round.

J'allonge Fatima sur la table de la cuistance, cale ses guiboles à la pliure de mes coudes et lui expédie mon missile à domicile sans tir de semonce.

Une beuglante forcenée salue cette intromission. Je crains un instant de m'être gouré et d'avoir emprunté l'itinéraire de délestage. Une phalangette chercheuse me rassure. La voie bis est toujours vacante et prête à héberger le gros du trafic en cas de saturation.

J'active la pistonnade. Saisi par l'émulation, le plan de travail gémit et branle sous mes coups de boutoir. Ce grinçant va-et-vient favorise mes desseins et stimule mon ardeur.

Yeux révulsés, Fatima débite en litanie des versets non expurgés du Kama-sutra. Elle enfile les panards comme ta mousmée les perles pendant que tu glandes au bureau.

Sentant monter la sève au sommet du bourgeon, je décrète l'état d'urgence et opère une manœuvre de retraite.

L'était temps !

Ma salve rase les moustaches australes de la nymphette, fuse par-dessus son buste, lui frôle la tignasse et s'en vient emplâtrer la photo de famille.

Depuis son cadre, Imran m'adresse un œil luisant de reproche. Haletante, sa frangine se précipite vers l'évier.

– Merde ! Je suis à la bourre !

Fissa, elle se dégraisse le pont, disparaît dans les entrailles de l'appartement, revient presque aussitôt, nantie d'un jean et d'un T-shirt, emmanche un blouson, rafle son sac à main et me gratifie d'un furtif bisou.

– C'était génial ! Tchao ! T'as qu'à claquer la porte derrière toi.

Il en faut peu aux greluches pour recouvrer le moral !

Et me voilà, pauvre comme zob, gros zan comme devant, planté comme un gland. J'en rirais si mes fringues n'étaient résolument *out of order*. Je pars en expédition dans l'appartos merdique. Débusque pour frusque de secours une vieille gandoura que je m'apprête à passer quand mon Nokia tintinnabule. Je me rue sur icelui, lâchement abandonné sur le lieu de mes turpitudes.

– Commissaire ?

Miss Blanche-Culotte à l'appareil.

– Bonjour, Hermine.

– Vous avez reconnu ma voix ?

– J'ai reconnu vos yeux.

– Vilain dragueur ! J'ai une info pour vous : Mélusine, la nana de Rigobert, n'a pas d'alibi. Elle est incapable de justifier son emploi du temps au moment de l'assassinat de son amant.

– Que prétend-elle ?

La fille respire fortissimo.

– S'être... baladée dans le quartier, au hasard... des rues.

– Il faut la cuisiner.

– Nabil... s'en occupe...

– Vous avez l'air essoufflée.

– Je monte... un escalier. Une tout autre... affaire.

– Merci d'avoir appelé. On se revoit quand ?

– Le plus vite... possible. Bye !

Pas le temps d'endosser la gandoura.

Coup de sonnette à la porte.

Tu paries que Fatima a oublié ses clés ?

Je vais déponer la lourde et me retrouve face à…

– Hermine ! m'écrié-je, animé par ce sens du dialogue qui me caractérise.

Décontenancée, la lieutenante se met à bafouiller :

– Excusez-moi… On m'a demandé de… Je… je venais prévenir la famille… On a retrouvé un jeune homme assassiné…

– Imran Foudraj ? Vous êtes à la bonne adresse… Entrez ! fais-je sans même tenter de masquer ma nudité.

La fliquette semble enfin réaliser l'incongruité de la situation.

– Vous, commissaire ? Ici ? Dans cette tenue ?

– Une bien étrange histoire. Je peux vous la raconter…

– Inutile. C'est la suite qui m'intéresse.

Hermine se jette à mes genoux, s'empare de mon triumverrat, hume les exhalaisons de sa prédécesseuse, retire d'un ongle mutin un poil abandonné sur le capuchon.

Tandis qu'elle m'engame jusqu'à la garde, son

portable turlute itou. Elle change de main pour me le tendre et, sans interrompre sa besogne, me fait signe de répondre.

– San-Antonio, à l'appareil.

– Commissaire ? Oh, pardon, j'ai dû me tromper de numéro. C'est Nabil, je cherchais à joindre Hermine.

– Tu ne t'es pas gouré, fiston. Je te passerais bien ta collègue, mais elle est occupée. (Je baisse le ton.) Un interrogatoire très délicat.

– Comment se fait-il que vous soyez déjà sur place ?

– Le métier, mon garçon, le métier !

– Chapeau ! Bon, ne dérangez pas Hermine. Je voulais juste savoir si tout se passait bien…

– Dans le velours.

– Vous savez que je connaissais le garçon qui a été flingué ?

– Imran Foudraj ?

– Il était d'origine marocaine, moi à demi algérien, on avait le même âge, on habitait le même quartier. Deux ou trois fois, j'ai arrondi les angles pour lui éviter la garde à vue. Ça me fait de la peine…

– Remise tes larmes. Il n'est pas canné. Un certain Abdel a été buté à sa place, un type avec une cicatrice en étoile sur la joue.

– Abdellatif Boulazayro ! La pire canaille de l'arrondissement…

Une onde délicieuse me parcourt l'échine. Pour agrémenter sa ponction, Hermine vient de glisser sa main entre mes cuisses et ses doigts agiles me font tressauter le sacotin comme si elle s'apprêtait à servir pour le set avec mes balloches neuves.

– Il faut accréditer la mort d'Imran durant quelques heures, poursuiverge au prix d'un gros effort de concentration. Le temps de lui mettre la main dessus. Il va essayer de fuir. A toi de trouver où et comment, Nabil ! Tu es le mieux à même de deviner les réactions d'Imran. Je te charge personnellement de cette mission !

– Je m'en occupe, commissaire. Sitôt que j'aurai expédié l'affaire en cours. Parce que ça bouge au commissariat, croyez-moi !

– Que se passe-t-il ?

– M. Cho La-Pin est ici. Il est inquiet. Il a reçu cette nuit un appel de son cousin Cho De-

Van qui lui a paru très dépressif. Depuis, il n'arrive plus à le joindre.

– Et le parrain a besoin de la police pour régler une histoire de famille ? m'exclafouté-je.

– A priori. Vous pensez qu'il essaie de nous entourlouper ?

Les agaceries d'Hermine me montant à la mine, la pourpre encardinale derechef mes zygomatiques. Grâce à sa fine ouvrage, la môme a redonné prestance et lustre à mon vaillant soldat de plomb.

– Vous en pensez quoi, commissaire ? insiste le fliquet.

Sentant ses aspirations proches de se concrétiser, la lieutenante, au clairon, sonne la décharge. Dans la foulée, ma cavalerie lui flagelle le palais.

Au fil, Nabil paraît surpris de mon soupir qu'en musicologue averti il prend pour un silence.

– Vous avez l'air bizarre, commissaire. Quelque chose ne va pas ?

J'ingurgite une grande bouffée d'air frais pour m'éclaircir la voix.

– Juste un petit coup de pompe ! Ne bouge pas, j'arrive.

7 heures 12

Poterne des Peupliers, Paris 13e

Une gentille maisonnette à colombages, précédée d'un jardinet de poupée comme on en rencontre dans nos provinces. Sauf qu'on se trouve dans un des quartiers les plus huppés de Pantruche, et que, pour te l'offrir, tu devras démanteler ton plan épargne-logement et pulvériser le nourrain de ton marmot.

Pas vraiment purée, le sieur Cho De-Van.

Les pavillons sont endormis. La nuit de mars musarde encore sur le quartier.

Nous franchissons la grille symbolique, avalons (sous-préfecture de lionne) les deux marches du pet rond. Je délègue à Nabil l'honneur de presser la sonnette. A plusieurs reprises.

Elle drelingue peine perdue.

– On entre ? propose le jeune capitaine comme une pute dit « on monte ? ».

– On entre ! décidé-je, dégainant mon sésame, tortillon de métal réputé de longue date capable de forcer toutes les serrures du monde et de Navarre.

– Et si la porte était ouverte ?

– Non. Elle est fermée de l'intérieur.

– Comment le savez-vous, commissaire ?

– Essaie…

Nabil branligote le loquet et se rend là où Lévy danse.

– Bien vu. C'est bouclé.

Tour de main de mon passe, tour de passe-passe et passe-muraille : nous voici dans la place.

Je donne la lumière d'autant plus volontiers que c'est pas moi qui paie les kilowatts-heure.

Une seule pièce au rez-de-chaussée, cruellement asiatique, avec l'inévitable Bouddah-tiens-voilà-du, pansu passé à l'or fin, l'armoire laquée carmin à deux étages et gonds de bronze, la table basse incrustacée de pierrailles, et la panoplie des éléphants en porcelaine préfêlée.

Enroulé autour d'un meuble en teck tenant lieu de kitchenette, un escadrin en colis de maçon (expression due à frère Béru) nous invite à grimper à l'étage.

En haut, changement de décor : on déboule dans un ancien grenier aménagé en garçonnière. Une large verrière y laisse entrer le ciel. Un paddock de compétition occupe le centre de la pièce, flanqué d'un jacuzzi dressé sur une estrade. Le parfait piège à mousmées ! Pas trop facile à vivre, mais impeccable pour y mourir.

Tu ne me crois pas ? Jette un œil sur la poutre centrale. Une corde y est attachée, reliée à un cou, lui-même prolongé d'un corps qui se balance mollement dans le vide.

– Merde !

Nabil se précipite, se juche sur une chaise et tente de soulager les guiboles du pendu.

– Aidez-moi ! Passez-moi un couteau…

– Laisse tomber ! Si Cho De-Van n'est pas clamsé, il imite bien !

– Il est encore tiède ! proteste le bleusaille, médusé par mon indifférence.

– Évidemment ! Je te parie qu'il est mort après l'arrivée de son cousin Cho La-Pin dans vos locaux. On appelle ça un alibi en béton.

Nabil relâche le cadavre et saute à bas du siège.

– Comment, un alibi ? Cet homme ne s'est pas suicidé ? Il était seul dans une baraque fermée à double tour…

Sur un guéridon, j'ai déjà déniché une enveloppe kraft sur laquelle un message est écrit :

« J'ai tué Ho-Li parce que je l'aimais. Pardon. »

A l'intérieur, une photo montre la jeune Chinoise empalée sur le membre plutôt conséquent de Rigobert.

Le petit Beur revient à la charge :

– Vous voyez ! C'est pourtant clair, non ? Cho De-Van découvre son infortune, il abat sa fiancée et rentre chez lui se suicider.

– Ce sera la version officielle. Que la jalousie l'ait conduit à tuer Ho-Li ne fait guère de doute. Mais qu'il se soit suicidé…

« Vous nous avez offert le meurtrier de votre sœur, M. Cho La-Pin, songé-je. N'oubliez pas que vous devez aussi nous livrer l'assassin de Rigobert ! »

Mon portable hulule sur ces entrefesses.

C'est Angélique. Son rude labeur achevé, elle

m'attend pour le petit-déjeuner. Sans pains au chocolat, car elle est au régime.

Dieu du ciel ! Les vierges du paradis se sont-elles donné rendez-vous ici-bas pour m'essorer comme une vieille chaussette ?

Sourate 10

YUNUS (Jonas)

Les hypothèses ne servent à rien
contre la vérité! (Verset 36)

11 heures 40
Pavillon à Saint-Cloud

Ma tendre et douce Féloche ne montre rien de sa suffocation à me voir débouler en gandoura, mes sapes roulées sous le bras.

– La soirée chez les Bérurier était costumée? suppose-t-elle non sans une once d'humour dans l'intonation.

Tu ne me vois pas lui raconter des balivernes, à ma brave femme de mère, après des décennies d'indéfectible confiance?

– J'ai salopé mon costard, je vais t'expliquer, m'man.

En quelques mots, je lui ficelle un paquet-cadeau de ma trépidante odyssée noctambulesque.

Pas l'offusquer, je passe sous silence la rencontre avec la femme de ma vie du moment, d'autant qu'elles sont trois, et qu'en ma confuse pensarde je n'ai encore pas trié le bon crin des tigresses. La beurette hardie, fraîche cueillie sur sa table bancale ? La fliquette lieutenante et si tant aspirante ? Ou bien la toubibette, empapahoutée tout habillée et deboute, au petit matin, dans l'antichambre de l'oubli que constitue la morgue ? Sur l'ordre de ce tiercé, mon cœur et mes pendeloques tergiversent.

Ma vieille n'est pas du genre à s'apitoyer sur le sort de son lardon ni à enjoliver son aventure de commentaires oiseux. Elle va droit à l'essentiel, preuve que les chats ne sont pas engendrés par des rattes.

– Il faut retrouver au plus vite ce jeune Marocain, comment s'appelle-t-il déjà ?

– Imran.

– Ce garçon est en danger et il sait des choses qui seraient utiles à ton enquête.

– C'est exactement mon avis. Il faut lui donner une chance d'échapper à ceux qui croient l'avoir éliminé. Tu ferais un sacré flic, m'man !

Sapé d'exténuance, je m'effondre sur le canapé du salon.

D'un coup de baguette magique, ma fée Licie dispose devant moi un bol de café-crème fumant, une tartine au miel d'abeille surchoix et un tandem d'œufs au lard poivrés à souhait.

De quoi recharger les à-culs d'un fiston qui s'est dépensé sans compter (mais en contant fleurette) au cours de la nuitée.

Me voir dévorer la ravit, mon Adorée. Elle vient s'asseoir à mon côté, me nappe un toast croustillant de son inégalable confiture de fraises (avec morceaux).

– Tu sais que j'ai reçu un coup au cœur, ce matin, mon grand ?

– Je suis désolé, m'man, j'aurais dû t'appeler.

– Si je devais m'alarmer chaque fois que tu découches…, reproche-t-elle implicitement. Ce n'est pas ça. Vers 7 heures, j'ai été réveillée par un homme qui sonnait au portail. J'ai pensé qu'il t'était arrivé quelque chose.

– Quel genre de type ?

– Trente-trente-cinq ans, brun, frisotté, avec un saphir incrusté dans le lobe de l'oreille droite.

– Arabe, maghrébin ?

– Je ne pense pas. Plutôt espagnol ou italien ou grec.

– Un accent ?

– Difficile à dire. Il n'a prononcé qu'un mot, ton nom : San-Antonio.

– Que voulait-il ?

– Je l'ignore. Il a paru contrarié de ton absence. Je lui ai proposé de te contacter sur ton portable, mais il a refusé d'un geste du doigt. Il m'a simplement remis un paquet, puis il est reparti.

Maman trottine jusqu'au buffet dont elle tire une boîte de la taille d'un carton à chaussures, entourée de papier-cadeau.

– Je ne l'ai pas ouverte, des fois qu'il s'agisse d'un colis piégé. On ne sait jamais, par les temps qui courent...

– Tu as bien fait.

Je m'empare du colis.

– Sois prudent.

– Ne t'inquiète pas…

Je promène ma montre à la surface de l'objet, presse un microscopique bouton et tends l'oreille.

Silence.

Si le pacson renfermait un explosif ou s'il était équipé d'un micro indiscret, une alarme résonnerait aussitôt.

Encore un gadget mis au point par Amélie, laquelle, férue de technologie pointue, prétend james-bonder tous les flics de son entourage.

Je déchire le papier d'emballage, dénoue le lien de bolduc, soulève lentement le couvercle du carton, déplie soigneusement la feutrine qui enveloppe le contenu…

Je te fais languir, hein, mon biquet ? La hâte t'habite ? Tu brûles de savoir ce que renferme ce pacsif ? Moi aussi !

Je sais que tu t'attends au pire.

Et moi donc !

Qu'y a-t-il au fond de la boîte ? On essaie de deviner ? Tes suppositions contre mes supputations, ça veut jouer ?

Allez, je prends la colonne de droite et t'abandonne, à tout saigneur tout tanneur, celle de gauche, la plus noble. A toi de la remplir. Parce que moi, dans le colibard, je verrais assez bien :

L'acte de décès de Maurice Papon
Une sole limande
Le crâne de Victor Hugo enfant
Le talent de Bataille et Fontaine
Le trou de la Sécu
Le gouffre de Padirac
La valve du bonhomme Michelin
La vulve d'Amanda Lear
Un stérilet rouillé
Une capote polonaise
Une huître qui bâille
Une moule de bouchot
Une descente d'organes
Une montée d'orgasme
La moustache de José Bové
Le chapeau de Madame de Fontenay
Les joues de Dizzy Gillespie
Les poumons du cow-boy Marlboro
Une clé U.S.B.
Le P.N.B. de la Moldavie

Une mouche qui pète
Un poussoir à boudin
Un pigeon voyageur
Des babouches de mamelouk
Une haleine de yak
Le dernier discours de Chirac
Le string de Mona Lisa

Eh bien ! On a tout faux, pauvres guignols que nous sommes !

Du laxompem je dégage un mignon nounours en peluche, tout doudou tout minou, avec un nœud-nœud rose entre les oreilles. Un joujou de mouflet en bas âge. J'en demeure comme deux ronds de... ?

Qui a dit flan ? Vous passerez dans mon bureau me démontrer votre appétence à la rondelle !

Je palpe le jouet, des fois qu'il dissimule quelque vilenie sous sa fourrure. Je l'inspecte, le malaxe, le pétris. Il se révèle de bon aloi.

Aucun message, rien qui puisse m'interpeller, receler un sens caché. Je remarque cependant dans son dos un réceptacle destiné à y loger des piles qui brillent par leur absence.

– Tu n'aurais pas deux piles AA LR6, par hasard, M'man ?

Elle possède tout, ma Félicie. Bien rangé dans des tiroirs, ordonné, classé, répertorié. Toujours le nécessaire, jamais le superflu. En quantité limitée mais suffisante. Le véritable luxe, ça n'est pas l'opulence, mais l'indispensable.

A peine fourrée de ses batteries, la peluche se met à grésiller. Un timbre métallique, cybernétique, virtuel, surgit de ses entrailles polochonnes :

« Bonjour, commissaire. Nous avons rendez-vous aujourd'hui à treize heures au Club 69, rue Saint-Frusquin, à l'angle de l'avenue de Clichy. Vous demanderez Linda. »

Impossible de déterminer la nature de cette voix tant elle est déformée : est-elle grave, aiguë, claire ou rocailleuse ? Il me semble y déceler quand même un accent léger, indéfinissable et peut-être feint.

S'ensuit une intro musicale, et l'ourson entame une brève et grasseyante comptine qui s'achève par :

« Chauds ! Chauds ! Chauds… les lapins ! »

Tu n'me z'en voudras pas si moi j'ai entendu : « Choh ! Choh ! Choh... », Ze San-Antonio Code.

Je bigle ma toquante.

– 13 heures ! Ça me laisse tout juste le temps de prendre une douche ! décidé-je.

– Tu n'envisages pas d'honorer ce rendez-vous ! s'angoisse ma brave femme de mère.

– Pourquoi non ?

– Cela flaire la chausse-trape !

– Raison de plus.

13 heures 6

Club 69, rue Saint-Frusquin, Paris 18e

Derrière la vitre sans tain, Linda se contorsionne, tête penchée vers l'avant, cul en arrière, pour bien me laisser reluquer ses intimités effeuillées de toute pilosité folâtre. Sa perruque platinée festonne entre ses cuisses graciles. Une tache de vin en forme de cœur illustre sa miche gauche.

T'as déjà maté le fion d'une gonzesse en très gros plan, Dugland ?

Du bout des yeux, s'entend !

Avec la langue, c'est trop facile : t'oublies les plis, les poils et les replis, pour ne mémoriser qu'une exaltante salinité sur tes papilles.

La prochaine fois que ta légitime se foutra à quatre pattes sur le plumard, si par prodige c'est face à toi, observe bien cette admirable boutonnière. Rustine coquine. Rose des sables. Rosette de la Légion ou rosette de Lyon, c'est selon. Rose des vents. Rose-croix. Rose arrosée aux teintes rosé-des-prés. Gemme que j'aime !

D'un doigt allègre, Linda titille ce berlingot aux éclats de rubis sous l'ongle, espérant m'enhardir le bigoudi.

Mal tombée, la pro du pot, si elle me prend pour Midas. D'autant que mes noisettes sont plus arides que celles de Benoît Zept au sortir de la grand-messe.

Je la laisse achever son numéro d'intermittente de la branlette. Sanctionne sa prestation d'un bref applaudissement.

L'artiste s'évacue derrière un rideau mordoré.

La miniscène s'éteint, me plongeant de facto dans le noir.

La putassière musique d'ambiance s'est arrêtée au même moment.

J'empoigne mon arme de service et me tasse sur la banquette de la cabine, prêt à défourailler.

Qu'alors la vitre de séparation pivote, électriquement commandée, me livrant accès à la scène. L'heure de ma prestation a-t-elle sonné ? Tu me vois en grand décarpillage façon go-go boy ? Les mamies survoltées emmanchant des biftons dans mon string ? J'abandonne volontiers ce fantasme de gigolpince au cher Bruckner, lequel cultive avec talent l'amour du prochain.

J'hésite. L'ouverture du vantail est-elle fortuite ? Ou bien constitue-t-elle une incitation à me faire passer de l'autre côté du miroir ?

Jaillie de je ne sais où, une voix impersonnelle, copie conforme idem tout également pareille à celle du nounours, me confirme dans le second terme de cette alternative :

– On vous attend sur scène, commissaire.

Je remise ma pétoire et m'exécute de moyen gré.

L'exiguë scénette (à ne pas confondre avec la saynète qui risque de s'y dérouler, crétin bon teint) fleure la moquette piétinée, le parfum galvaudé, la sueur profusée, le smegma bouloché et autres sécrétions moins ragoûtantes.

Le battant se referme. Les projos se rallument. Me voici sous les feux de la rampe.

Au travers de la glace, je distingue une vague silhouette qui s'installe sur la banquette que j'occupais quelques instants auparavant.

– Pardon pour cette mise en scène, monsieur San-Antonio, reprend l'incognitote voix. Si vous éprouvez le besoin de m'identifier, au moins dans votre esprit, disons que je m'appelle Hogan. De mon anonymat dépend ma sécurité. Mais aussi la vôtre.

A peine voilée, la menace me laisse de marbre. Pour affirmer ma désinvolture, je m'assieds en tailleur sur l'estrade, et attends. En pareille circonstance, surtout ne pas entamer le dialogue, ne montrer aucun signe d'impatience ni même d'intérêt, laisser mariner l'autre dans son jus.

– Je sais l'envie qui vous démange, commissaire, poursuit l'Occulte : sortir votre arme de service, tirer dans ce miroir et découvrir mon visage. Vous commettriez là une grave erreur. Car je me tairais définitivement. Or le secret que je détiens, toutes les autorités de la planète me paieraient des fortunes pour le découvrir alors que vous l'obtiendrez gratuitement.

Nouveau silence.

Le présumé Hogan, tu t'en doutes, vient de réussir à éveiller mon intérêt. Je respecte pourtant ma règle de conduite : motus sur toute la ligne.

– Vous vous demandez fort logiquement pourquoi je vous ai choisi, vous ? poursuit l'énigmatique personnage.

Un peu, mon neveu, que la question me brûlerait les lèvres si, à ce stade de son monologue, je ne pressentais me trouver en présence d'un cinoque patenté.

– Non, non ! Détrompez-vous, je ne suis pas un de ces cinglés qui dérangent la police au gré de leurs fantasmes, enchaîne l'inconnu comme s'il avait lu dans mes pensées. Et je vais vous en administrer la preuve.

Un rectangle de papier glacé s'insinue sous la fenêtre sans tain. Je ne bronche pas.

– Eh bien ! Regardez cette photo et dites-moi si vous connaissez cet homme.

Vaincu par la curiosité, je chope le document.

Diantre ! Diable ! Fichtre ! Foutre ! Mazette ! L'image, en gros plan noir et blanc, montre la trogne grisiconde[1] de Béru entourée d'un turban.

J'en reste esto ? Maqué ! Tout comme les femelles de ce peep-show.

– Votre avis ? insiste mon interlope-cutter.

– Il s'agit d'Alexandre-Benoît Bérurier, mon adjoint, rétorqué-je du bout des lèvres.

– Erreur ! Cet individu n'est autre que le mollah Kelbodar, dignitaire religieux afghan et très proche collaborateur d'Oussama Ben Laden. Un parfait sosie de votre inspecteur.

Bien que n'ayant point l'esprit tourné vers la facétie, je songe qu'on ne parle pas de sosie mais de portrait tout craché, à propos d'un mollah !

– En matière de photo, la sositude, ça n'existe pas, réponds-je fort sérieusement. Trop facile à trafiquer.

– Allez sur internet. Vous trouverez l'adresse de différents sites au dos du cliché.

– Internet se bidouille bien aussi !

1. En noir et blanc, elle ne saurait être rubiconde.

– Je ne cherche pas à vous convaincre, mais à vous procurer une information. Le mollah Kelbodar doit prochainement rencontrer Ben Laden.

– Où ça ?

– En France.

– Dans quel but ?

– A votre avis… ?

– Un attentat ?

– Le plus meurtrier de l'histoire de l'humanité !

Je prends le temps d'avaler ma salive.

– Je pense que vous n'êtes qu'un mythomane parmi d'autres.

– Quelle responsabilité vous incomberait si vous vous trompiez à mon sujet !

Le silence est si intense que j'entends battre le sang dans mes artères.

– Parlez-moi de CHOH ! biaisé-je.

– Il s'agit d'un nom de code.

– Que signifient ces quatre lettres ?

Pas de réponse.

Je décide de mettre la pression.

– Je vous ai posé une question !

– A vous de le découvrir.

– Ce petit jeu est ridicule.

– Il ne s'agit pas d'un jeu. J'ignore moi-même le sens de « Choh ». Je sais simplement que ce mot constitue la clé qui permettra au mollah Kelbodar d'entrer en contact avec Oussama Ben Laden.

– Quand ?

– Dans les jours, peut-être les heures à venir…

– Pourquoi trahissez-vous votre cause ?

– Pour des raisons… personnelles.

– Où se trouve le mollah Kelbodar ?

– Je sais où il se terre. Je vous indiquerai ce lieu dans l'objectif d'une permutation avec votre adjoint Bérurier…

Je louche sur mon poignet : 13 heures 20. L'instant convenu avec Jérémie Blanc, montres réglées comme dans *Les Douze Salopards*. Tu devines que je ne suis pas venu m'enfumer dans ce terrier comme un blaireau de base.

Vu la tournure qu'a prise le dialogue, je regrette cette initiative et offrirais le vieux slip de ta belle-doche contre un retard à l'allumage de mon plan.

Trop tard !

Tohu-bohu, ramdam, charivari, vociférations dans les profondeurs de la taule. Les spadassins de mon alter négro assiègent le pipe-chauve (mollah Béru dirait).

– Vous avez trahi ma confiance !

Vague ondulation derrière la vitre fumée. Je pige que ma « gorge profonde » s'esbigne.

Mister Mystère n'ira pas loin.

Je soulève le rideau, quitte la cabine d'essuyage (de mouillette), et me retrouve dans un couloir étriqué en compagnie d'une nuée de sauterelles à loilpé. Alertées par le vacarme, les artistes du fion abandonnent leurs postes et leurs postures de travail pour s'égailler dans la cahute en criaillant.

Un vrai dédale de salons, de boxes, de corridors dans lequel je peine à me frayer un chemin. Je finis par rejoindre Jérémie dans le hall grouillant de poulets, de pigeons et de perruches.

– Ton client n'a pas pu s'échapper ! me rassure mon fier collègue du dix-huitième. On a bouclé toutes les issues. Tu parles que mes hommes connaissent bien ce boxon : ils viennent régulièrement s'y faire tirer la tige en échange de menues protections.

J'inspecte le produit de la rafle. Pas fiérots, les gugusses, de s'être fait gauler en si flétrissante situation. Chacun se rajuste de son mieux. Un zigue s'est coincé le prépuce dans la glissière de son futal, un autre tente d'éponger une stalactite de foutre le long de sa braguette.

– Hé ! Venez me donner un coup de main ! lance un flic depuis le fond du couloir. Y a un type qui s'est enfermé dans une cabine. Il ne veut pas en sortir.

Étant les plus proches, Blanc et moi fonçons lui prêter main-forte. On pousse de nos trois masses, mais la lourde, coincée en bas, refuse de s'ouvrir. A coups d'épaule, nous finissons par l'exploser dans sa partie supérieure. Un corps est tassé entre le battant et le siège, bloquant l'ouverture.

Jérémie dégage les débris, s'introduit dans le local, soulève l'homme qui baigne dans une mare de sang, égorgé d'une oreille à l'autre.

Son œil vitreux en dit plus long sur son espérance de vie que ne pourrait m'en raconter Angélique, ma légiste favorite.

La tronche du moribond bascule en arrière, m'autorisant à visionner son portrait.

Jeunot, brun, frisotté, un saphir à l'oreille... Aucun doute : il s'agit du mec venu livrer le nounours à Félicie.

– C'est ton informateur ? demande Jérémie qui me connaît comme s'il m'avait fait (mais, dans cette hypothèse, je serais aussi black que lui).

– Lui-même.

– Il n'est pas encore canné, mais en bonne voie.

Un ultime soubresaut de la carcasse confirme ce pronostic.

Mon collègue me désigne le cou tranché et le rasoir ensanglanté dans la main crispée du mort tout frais.

– Je sais pas ce que tu lui as raconté, mais ça l'a drôlement démoralisé. En tout cas, il ne s'est pas raté !

On achève de disloquer la porte pour tirer le cadavre hors de son sarcophage.

– Quelqu'un le connaît ? cantonadé-je.

Une grande rouquine en peignoir mauve s'avance, jette un faux cil au macchab et lâche un couinement de lapin à qui on a fait le coup du.

– Yanos !

– Un habitué ? questionne mon Blanc.

– Non, c'est Yanos Danlanich, notre patron ! s'époustoufle la pouffe. Qu'est-ce qui lui arrivé ?

– Une maladresse en se rasant.

Jérémie grattouille le padirac de ses narines.

– Bon… Qu'est-ce qu'on maquille, Antoine ?

– Contrôle général des papiers. Ceux qui sont pas régules, tu me les mets au frais.

Je me tourne vers la gent pétassière qui s'est massée autour de nous.

– Laquelle de vous est Linda ?

– C'est moi, répond la rouquemoute en mauve.

– Vous étiez blonde, tout à l'heure ?

– Possible. On change de perruque entre chaque numéro.

– Celle-là, vous me l'embarquez, soupiré-je.

La môme me vote un gentil sourire.

– J'veux bien, mais faut que je sois sortie à 19 heures pour chercher ma gamine à la crèche.

Là-dessus, mon emmerdeur ambulant vibre dans ma poche. Je réponds en rouscaillant.

Berthe au bout du fil. Elle est aux cent coups !

Les événements du deuxième jour

Depuis l'esclandre de la soirée, Béru s'est enfermé dans les chiottes et refuse d'en sortir.

Je risque pourtant d'avoir besoin de lui, non ?

Sourate 11

HUD (l'apôtre)

Si nous faisons goûter à l'homme une grâce de Notre part,
et qu'ensuite Nous la lui arrachons, le voilà désespéré et ingrat.
Et si nous lui faisons goûter le bonheur après qu'un malheur l'a
touché, le voilà qui exulte, plein de gloriole. (Versets 9 et 10)

13 heures 35

Gare d'Austerlitz

Le train Corail s'ébranlait.

Acagnardé contre sa fenêtre, Imran regardait défiler sur le quai des gens tristes venus en accompagner d'autres plus joyeux. Ceux qui partent sont toujours moins amers que ceux qui restent.

« Ailleurs, c'est forcément mieux ! » songea-t-il.

Il tripotait le billet entre ses doigts. Le premier

qu'il eût jamais acheté de sa vie. Et dûment composté, par surcroît. Sa pauvre mère agonisante aurait été fière de lui, *be s slāama*!

Avec un billet payé, validé et à destination de Châtellerault, il ne risquait guère d'attirer l'attention ! Châtellerault constituait l'étape la plus lointaine que lui permît d'atteindre son chétif pécule sur le chemin de Casablanca, terme espéré de son voyage. Tel un apôtre, il y rejoindrait son père et se fondrait au cœur de son innombrable famille, bien à l'abri de Moulay, d'Ahmed et de l'émir aux yeux bleus.

Le périple serait encore long. Trop risqué et hors de ses moyens, l'avion avait été écarté. Si tout se passait bien, au-delà de Châtellerault, ce serait Poitiers (Imran n'avait jamais eu Charles Martel en tête), Bordeaux, Hendaye, l'Espagne du nord au sud, puis l'embarquement vers les côtes marocaines.

Après les événements de la nuit, Imran ne pouvait user de son identité, ni même de celle d'Abdel, sans se jeter dans la gueule du loup. Mais, pour un sans-papiers, la traversée clandestine Espagne-Maroc coûtait beaucoup moins cher et se révélait moins périlleuse que le trajet inverse, scruté nuit et jour par des gardes-côtes devenus hystériques depuis les accords historiques de Schengen.

Seulement, tout ça restait un beau projet faute de *floūss.* Une canette d'Ice Tea et un pain aux raisins avaient eu raison des ultimes pièces jaunes du jeune homme.

Imran comptait sur la baraka (*el-zher*, disait son vieux), qui lui avait somme toute souri durant ces dernières heures, puisqu'il était encore en vie.

Nanti de la solide expérience en petite truanderie dont il se prévalait, il savait qu'en rôdant autour de la gare de Châtellerault il ne tarderait pas à rencontrer un débrouillard dans son genre, capable de le mettre sur un deal juteux. Mais, à y réfléchir, même ce plan semblait dangereux. Dans ces bleds de province, la flicaille locale a tôt fait de repérer les têtes étrangères.

Pas le temps de se lancer sur un coup d'envergure : il lui fallait du fric facile et rapide.

Sa voisine, une lourde paysanne bardée de colis puant la cochonnaille, s'avachissait de tout son gras, laissant planer ses vapeurs d'eau d'aisselle sous ses narines.

Le train étant à moitié vide, Imran aurait pu changer de place. Mais il venait de remarquer, au fond de son fourre-tout, le portefeuille gonflé de sa compagne de voyage.

Il attendit que la femme se fût assoupie pour étudier la situation. La boulotte avait déposé son sac sur le sol, coincé entre ses jambonneaux qu'une minijupe en jean enserrait au niveau des cuissots. Pour entrebâiller les mollets, il lui fallait d'abord écarter les cuisses.

Imran ne connaissait qu'une seule façon de faire écarter les cuisses à une femme.

Il fit mine de s'endormir à son tour et laissa négligemment traîner sa main sur l'accoudoir.

Insidieusement, ses doigts glissèrent sur le genou de la femme. Il sentit sa proie tressaillir sous la délicate pression.

Immobilisation, le temps de laisser la grosse se familiariser avec le contact.

Mue par un fin tacticien, la paume d'Imran se coula en souplesse sous la jupe, s'insinua entre deux couches de cellulite qui s'évasèrent comme par enchantement.

Le beur était rompu à la drague dans les rames de banlieue. Il avait constaté que les voyageuses, bercées par leurs fantasmes et le tangage du train, se laissaient volontiers palucher tout en feignant de somnoler.

Au moment où ses phalanges frôlaient les froufrous de la culotte, Imran croisa furtivement, dans la vitre, le regard de l'occupant du siège d'en face.

Un Maghrébin d'une cinquantaine d'années, au visage vilainement grêlé, observait sa manœuvre.

Le cœur du garçon bondit.

Se pouvait-il que le groupe Klām ar-Rassoūl eût déjà retrouvé sa trace ?

Sourate 12

YUSUF (Joseph)

Et dans les cieux et sur la terre,
que de signes auprès desquels les gens passent
en s'en détournant! (Verset 105)

15 heures 41
Tanière des Bérurier

– Ouvre cette lourde, Gravos, ou je la défonce!

– Si t'essaies d'entrer, j'me jette par la f'nêtre!

– Jésus, Marie, Joseph! se signe Berthaga.

– Vous croyez qu'il le ferait? m'alarmé-je.

– Je croive pas! D'autant que sa brioche passerait pas par l'œil-de-bœuf des gogues. Mais je le sens prêt z'à tout! L'est vraiment dépressurisé!

Pour unique vêtement, l'ogresse porte une

chemise de nuit rendue loqueteuse par le temps, les sudations acides et l'algarade nocturne.

Un bout de nichon pareil à un tronçon de francfort s'en évade ici ; là, une barde de cellulite ; ailleurs, une poignée de poils blondasses – mon tout constituant une effroyable choucroute mal garnie.

– Alexandre ! glapis-je.

– Quoi t'est-ce ?

– Tu vas te ressaisir, merde ! Ça rime à rien, ton numéro de cirque ! On a tous vécu des moments de déprime et on sait bien qu'en fin de compte, on en revient toujours à la case départ.

– Jamais !

– Jamais quoi ?

– Jamais j'pourrai plus reviv' comme avant ! Jamais !

Sous le coup de l'émotion, Berthe éclate en sanglots. J'ai eu tort de me changer, vu que ses larmes, plus grasses qu'un bouillon de pot-au-feu, giclent sur les revers de mon nouveau costard.

Elle tambourine à la porte, larguant une louise fétide à chaque coup frappé.

– Pardonne-moi, mon homme ! Tout c'que j'ai raconté, c'était pour t'taquiner ! Glandouille, le p'tit cousin, y m'a pas vraiment broutée ! Il m'a juste fourré un doigt dans l'œil de bronze puis il l'a suçoté comme un esquimau au chocolat. Quant à Mario, le plazziolo, il est moins monté qu'un colibri. J'te jure, même en cure-dents sa biroute è m'servirait à rien ! Y a qu'toi qui me fassiasse vraiment grimper aux rideaux ! Tous les aut', c'est d'la régalade ! Même Alfred, qui m're-luit pourtant d'puis les premiers ouvrages de San-Antonio, c'est comme qui dirait un pisse-aller. Pendant qu'y me coiffe les cheveux, il me ramone un brin pour pas trouver l'temps long. Mais si j'te dirais qu'sous le casque, je pense encore à toi…

» Faucon n'oublille toutes ces sornettes qu'on s'a débitées sous l'empire du beaujolais-villages. J'voudrais qu'on reprenasse not' vie de couple du temps jadisse ! Je m'allongerai su'l dos, façon crémière. Tu m'baiseras à la papa, en m'soufflant ta vinasse dans les naseaux. J'te jure que j'cra-cherai plus ton foutre dans l'lavabo. J'te prépa-rerai les tripes au cidre suivant la r'cette de ta grand-mère. J'enregistrerai l'porno de Canal

Plus sans même le regarder. J'accepterai qu'on aille en vacances chez ton cousin de Saint-Locdu qui vient de perdre son épouse d'une méningite de l'utérusse. Je t'accompagnerai samedi au match France-Angleterre. Je flanquerai des baffes à notre fils Apollon-Jules, même quand y t' traite de gros con. Je ferai les courses chez Leader Price avec Maïté. Je mangerai des brocolis à la vapeur et j'écouterai la météo sur une autre station qu'Europe 1. N'à condition que tu ouvres la porte des cagoinsses et que tu m'tendes tes biscotos !

Longue plage de calme plat, presque aussitôt suivie d'un bruit de cataracte.

– Voilà au moins cent fois qu'il tire la chasse ! me chuinte la Baleine.

De l'autre côté de la cloison, Sa Majesté froisse du faf à train, actionne à nouveau la trombe, se racle le gorgeon. Nous demeurons suspendus à ses lèvres. Qui s'entrouvrent enfin :

– Je sus sensib', ma Berthie, à ton amende-honnête-du-râble. Et moi z'aussi je serais prêt z'à faire des concessions à perplexité : ne plus lice-broquer dans l'escalier quand la concepige vient de passer la serpillière, par exemple. Ne pas louffer au lit les soirs de cassoulet. Me vaseliner Azor avant de rend' visite au recteur d'ton académie. M'essuyer les tatanes su'l'paillasson des voisins. Pas dérouiller Apollon-Jules quand y me traite de gros con. T'offrir un brin d'muguet pour la Saint-Valentin. Regarder a'ec toi *La Ferme des célébrités.* T'laisser un fond d'picrate même s'il reste plus qu'un magnum à biberonner. Ne pas t'claquer l'museau quand tu m'manques de respect. Brèfle, un tas de p'tites délicatesses qu'ça m'est arrivé d'négliger. Seulement…

– Seulement quoi ? halète la Gravosse.

– Seulement, Alfred m'a tuer !

Je file un coup de latte rageur dans la porte des latrines.

– Basta, avec le pommadin ! beuglé-je. Voilà vingt piges qu'il te fait cocu ! Tu ne vas pas nous en chier une pendule aujourd'hui ?

– Alfred m'a tuer ! répète Alexandre. Il m'a assassiné avec son faux mousseux !

– C'était pas du mousseux, rectifie sa femelle, mais une lotion pour dégraisser les cheveux.

– Pas seulement les cheveux !

Se décidant à déponer la lourde, Béru se présente enfin devant nous. Ses paupières, ses bajoues, son cou, son poitrail, son bide et ses cuissots pendouillent lamentablement sur son squelette, colonie de chauves-souris gigognes.

Il a dû paumer un bon demi-quintal !

Plutôt que de le considérer si maigreleux, Berthe préfère larguer les amarres. Elle s'effondre dans les vapes et se répand vachassière sur le tapis, la babasse évasée comme une journée portes ouvertes au pavillon de la Triperie.

– Tu vois, se lamente l'ex-Mastard. Même ma propre légitime tourne pâle devant ma décharnure ! Mais où qu'elle est passée, cette jolie graisse que je m'étais façonnée par amour du lard ? Cette ventraille besognée à coups de mandibules ? Tu veux qu'je te dise ? Dans la cuvette des chiottes ! Liquidée pire qu'une pisserie de bière ! Pulvérisée ! Balayée par les vents de ma raie ! Évanouie ! Évaporée ! Ah, elle est pas près de les revoir, mes belles poignées d'amour, ma Berthie ! Disparues ! Envolées ! Que reste-t-il de Bérurier sans l'prestige de l'obésité ? Un pauvre flic au bord d'la défaillance ! Un inspecteur en préretraite ! Un genre de Pinaud bis !

» Et pour toi, San-A, tu m'sures la perte sèche ? Qui achètera encore tes polars si le Gravos est d'venu un inspecteur Maigrelet ? Qui se passionnera pour les aventures d'Alexandre-Benoît la chiffe molle ? De Béru le faiblard, le morose, la pleurniche ? La tonne devenue atone ? Franchement ! Faudra qu'tu révisasses ton vocabulaire, qu'tu rimprimasses ton dictionnaire. A la page 492, colonne 2, on pouvra lire désormeaux : Bérurier est réguleusement enfublé de surnombres : *l'Aboulique, l'Affligé, l'Altérable, l'Amorphe, l'Anémique, l'Apathique, le Bonasse, le Chagrin, le Chancelant, le Chétif, le Coulant, le Décrépit, le Défaillant, le Délicat, le Déplorable, l'Efflanqué, l'Émacié, l'Endormi, l'Étique, le Famélique, le Flaccide, le Flasque, le Fragile, le Frêle, le Fugace, le Hâve, l'Hésitant, l'Impuissant, l'Incapable, l'Inconsistant, l'Indolent, l'Inerte, l'Influençable, l'Insaisissable, le Lamentable, le Languissant, le Lugubre, le Lympathique, le Maigrichon, le Malingre, le Maussade, le Mélancolique, le Minable, le Minimum vital, le Misérable, le Modeste, le Modique, le Moins que rien, le Mollasse, le Navrant, le Nonchalant, le Périssable, le Piteux, le Pitoyable, le Précaire, le Ramolli, le Sinistre, le Sombre, le Souf-*

freteux, le Squelettique, le Terne et même le Vulnérable… Moi, Béru!

» La honte! J'oserai plus croiser mes voisins, passer d'vant mon boucher! Je ferai même le détour d'mes bistrots pas qu'y me voyent dans cette délabrance.

Je chope Sa Déjetée et la serre chaleureusement entre mes brandillons.

– Écoute-moi bien, Béru : dans les heures qui viennent, la France va avoir besoin de toi, bien gros, bien gras, bien plein! Alors tu vas bouffer comme un goret et regrossir aussi vite que tu as maigri. C'est un ordre!

Il se liquéfie de béatitude.

– Toi au moins, Tonio, tu sais parler aux hommes!

Mon portable sonne pour l'énixième fois.

Hermine *speaking* : Cho-le-Parrain veut me parler de toute urgence au commissariat du treizième.

On pourrait pas me laisser respirer un instant, dans cette histoire?

Non?

Ah bon!

Les événements du deuxième jour

15 heures 53

Appartement sur cour, impasse Alexandre, Vanves

Les visites de l'émir étaient rares. Moulay savait les apprécier.

La fine et gracieuse silhouette de leur chef spirituel, sa mise européenne, sa longue chevelure châtain, légèrement ondulée, son regard d'un bleu intense, presque magique, décontenançaient Ahmed. Car ce que Moulay interprétait pour un signe de modernité, son vieux compagnon le vivait comme une trahison des valeurs ancestrales.

Choc des générations !

Ahmed ne comprenait pas que leur lutte, pour être efficace, dût passer par l'abandon de certaines traditions. Personne, croisant l'émir dans la rue, ne pouvait imaginer son appartenance à Klām ar-Rassoūl, la mouvance la plus radicale d'Al-Qaida. Son infiltration au sein de la société européenne était indécelable, et son intégration mieux que réussie.

En ce début d'après-midi, Idriss ne paraissait pourtant pas d'humeur conciliante.

– *El-Lāh* vous le pardonnera sans doute, mais vous vous êtes laissé berner par Imran ! fit-il d'un ton glacial.

– Imran est mort sous mes balles ! affirma Moulay.

– Non ! trancha l'émir Sabitt. Un autre a été tué à sa place. Un type à qui il avait refilé ses baskets roses et son blouson. Imran est bien vivant ! Il en sait peu, mais suffisamment pour ruiner l'opération de cette nuit. La police est sur ses traces. Activez vos réseaux et éliminez-le avant qu'il ne parle !

– Le mollah assistera-t-il à notre triomphe ?

– Je l'espère. Avec l'aide du Prophète.

16 heures 37

Commissariat du 13e

Hermine, dont les heures de repos ont sauté pour cause d'intense activité au commissariat, me pilote dans les méandres de la bâtisse. Les infos affluent, m'emberlificotant le mental.

Elle me montre un procès-verbal.

– Les aveux de Mélusine !

– Quels aveux ? Elle a tué Rigobert ?

– Non ! Mais elle a reconnu avoir fourni à Cho De-Van les preuves de son infortune.

– La photo olé olé de Ho-Li ?

– Elle l'a prise à leur insu. Mélusine refusait de participer aux ébats, mais Rigobert l'obligeait à y assister. Un sacré barge, dans son genre ! Avec son téléphone vidéo, Mélusine a réussi à les clicher. Elle est allée trouver le fiancé chinois et lui a tout déballé.

– Cho De-Van a mal digéré la photo.

– Il était fou de rage et de douleur. Il a appelé Ho-Li devant elle pour lui fixer rendez-vous dans le local secret du Cho-Show Club. Mélusine a refusé de l'y accompagner.

– On peut imaginer la suite. L'explication vire au drame. Il bute l'infidèle. Puis il se rend chez Rigobert et lui pratique sa boutonnière…

– Qu'il ait flingué Ho-Li, c'est plus que vraisemblable, intervient Hermine. Mais pas Rigobert. Comprenant qu'elle avait ouvert une boîte de Pandore, Mélusine s'est précipitée chez son copain pour l'avertir du danger. C'est là qu'elle l'a découvert éventré. Elle est catégorique : Cho De-Van n'a matériellement pas pu la devancer.

– Je préfère ça ! opiné-je. On en revient à l'affaire Rigobert, liée à son boulot au service des Objets trouvés, aux œufs égarés par Imran et à la mort de la vieille, rue Olivier-de-Serres.

– A la piste arabe ! résume la belle aux yeux blancs et à la culotte verte (ou vice versa : me chicane pas en ce moment, je suis pas d'humeur !). Piste confirmée par les tests A.D.N.[1] pratiqués sur l'urine récoltée dans les toilettes de Rigobert. Ils révèlent qu'il ne s'agit pas d'une miction de l'occupant des lieux, mais de celle d'un certain Ahmed Assuikillira, un Marocain impliqué dans l'attentat de la gare d'Atocha, le 11 mars 2004, à Madrid. On ne possède aucun portrait récent de cet individu. Il s'est évaporé dans la nature.

– Beau travail !

1. N'oublie pas que, comme je te l'ai déjà indiqué dans *San-Antonio priez pour nous !*, nous utilisons désormais la méthode von Schtroumpf-Ziegler, ultrarapide.

– C'est vous qui aviez raison, commissaire, en réclamant cet examen d'urine.

Hermine baisse le ton :

– Tu m'accompagnes jusqu'à la salle des archives ? J'ai encore envie de te sucer. Cette fois, sans que tu viennes d'en baiser une autre. Je veux toucher mes dividendes à taux plein.

Quand c'est demandé avec une telle délicatesse !

Je me laisse entraîner en direction d'un recoin où sont empilés des dossiers poussiéreux et parqués des fax et machines à photocopier.

Regrettable pour les projets de la divine Hermine : Nabil quitte précisément les lieux, une liasse de papelards en pogne.

– Vous tombez bien, commissaire ! Des types correspondant au signalement d'Imran, on vient de m'en notifier des bottes !

Il feuillette ses fafs :

– Dans le centre commercial du Val-Fourré, à l'aéroport de Toulouse-Blagnac, sur le pont de Tancarville, devant la Samaritaine, à la gare de Tours, dans un cinéma d'Argenteuil, sur les docks de Toulon… On vérifie tout ! L'étau va forcément se resserrer.

Il marque un temps.

– Vous avez vu Cho La-Pin ?

– Pas encore !

– Ben, qu'est-ce que vous attendez, Hermine ? Le Chinois ne veut parler qu'à San-Antonio ! Dépêchez-vous, mon petit, ça urge !

T'as pas l'impression qu'il plane déjà un chouïe, le beurillon ? Il a suffi que j'accepte de l'aider et que je morigène son dirlo devant lui pour qu'il commence à se la péter. Ah, la vanité des hommes...

En foutre, il ruine ma bouffarde, ce bouffon ! Pourtant, j'augurais bien de ce calumet impromptu. C'est souvent au creux de la lassitude que tu ressens tes plus lascives émotions.

Dents serrées, palais frustré, la lieutenante m'introduit (à charge de revanche) dans un burlingue équipé d'un important matériel audiovisuel. Le parrain des triades locales m'y attend sous la haute surveillance d'un poulardin qui me salue deux fois de suite d'un mouvement compulsif. Je reconnais en lui le brigadier bébègue de la nuit passée.

– On n'ananattendait plus queuque vous, Cocommisssaire !

Cho La-Pin a troqué son trois-pièces de la noye contre un ensemble pantalon de flanelle grise-blazer de soie bleu marine supertop classe. Même illicite, le fric, ça vous enjolive son homme !

Après un bref shake-hand, le Bridé me remet une cassette de la taille d'une boîte d'allumettes.

– Visionnons cela, commissaire, si vous le voulez bien.

Je refile la cassette à Hermine. Elle la glisse dans la fente d'un moniteur et enclenche la lecture. Sur l'écran s'encadre en noir et blanc la vue d'une rue tranquille. Peu de voitures. Pas de passants.

– Ces images ont été enregistrées par une caméra située en face de l'entrée de Rigobert Lingueau, commente l'Asiatique. Il se trouve que je possède une boutique juste à l'aplomb de son immeuble.

– Comme dans de nombreuses rues du quartier, ajoute Hermine.

– En effet. Là, on vend des bijoux fantaisie.

Même broutille, l'or suscite les convoitises, aussi prenons-nous certaines précautions. Regardez. Au bas de l'image, l'heure défile. A cet instant, tout est calme. Il est 17 heures 51. Accélérez légèrement...

Aux manettes, la lieutenante suit la recommandation.

– Voilà ! Un homme arrive. Il entre dans l'immeuble.

– On le voit de dos, mais c'est Rigobert, souffle Hermine. Je reconnais son manteau.

– Poussez la bande. Il ne se passe rien durant un certain temps. Et puis...

L'image défile rapidement.

– Là ! Voyez... il est 17 heures 56. Deux types se présentent à leur tour devant la porte.

– Stop ! crié-je. Revenez un peu en arrière. Gros plan ! On les distingue mal. Le plus grand semble dégarni, et l'autre porte un imperméable sur une espèce de robe qui dépasse. On dirait une djellaba.

– Des zaza... des Arabes ! note le bribrigadier.

– Génial ! s'extasie Hermine. L'un d'eux est certainement Ahmed Assuikillira.

– Vous les verrez mieux quand ils vont ressortir, ponctue M. Cho. Quelques minutes plus tard. Accélérez !

Tourniquet d'images fugaces.

– Stop, stop ! Là ! Ils se présentent de face. Il est 18 heures 11.

Plan fixe régulé par Hermine.

– Le grand porte une longue barbe, relevé-je. Le petit paraît plus âgé. Tout ça reste un peu flou…

Cho La-Pin se lève, défroisse son pantalon et se dirige vers la porte.

– Vos techniciens sauront exploiter cette bande. Pardonnez-moi, mais j'ai beaucoup à faire. Je crois avoir rempli mon contrat, non ?

– Pleinement ! admets-je.

Je raccompagne Mister Cho. Dans le couloir, je l'oblige à me faire face.

– Je sais que vous vous trouviez ici même lors de la mort de votre beau-frère, et qu'on ne pourra jamais vous imputer son décès. Mais, d'homme à homme, les yeux dans les yeux : pouvez-vous m'assurer que Cho De-Van s'est vraiment suicidé ?

Il supporte sans frémir l'ardeur de mon regard.

– Seul Bouddah pourrait vous répondre, commissaire.

17 heures 19

Buffet de la gare de Tours (Indre-et-Loire)

Imran avait eu les yeux plus gros que le ventre. Il repoussa son assiette, délaissant la moitié de sa barbaque. Il picora une dernière frite, l'enduisit de moutarde mais renonça à l'ingurgiter.

Il déposa un billet de vingt euros sur l'addition de quinze euros à peine et se leva, satisfait de son généreux pourboire. Il pouvait se le permettre, avec le jackpot tiré à la grosse : près de cinq cents pions en petites coupures !

Il renifla ses doigts qui fouettaient obstinément le haddock. Sûrement ce qui lui avait coupé l'appétit. Ça, elle en avait eu pour son magot, la cochonne du train ! Après l'avoir soulagée de son morlingue, Imran avait préféré la laisser poursuivre seule vers Châtellerault, et descendre à Tours où il s'était offert un billet à destination de la frontière espagnole. En T.G.V. et en première classe, s'il vous plaît !

Son dur, via Saint-Pierre-des-Corps, était annoncé au quai 3 et n'allait pas tarder à entrer en gare.

Alors qu'il se levait, Imran remarqua les deux sbires en civil qui rôdaient dans le buffet, lorgnant chaque client avec insistance. A l'abri d'un pilier, le jeune homme ne se présentait pas dans leur ligne de mire et les gars ne l'avaient pas encore repéré. Mais c'était du peu au jus. Il fallait trouver une astuce. Et vite !

Saisi d'une inspiration, Imran s'empara de son assiette et la lança au ras du sol dans la travée, à la manière d'un disque de frisbee. La rondelle de faïence alla se fracasser contre le comptoir, pile derrière les deux gars qui se retournèrent comme un seul homme.

Imran en profita pour s'esbigner en direction des toilettes.

En espérant qu'elles ne se terminaient pas en cul-de-sac et qu'un fenestron lui offrirait une échappatoire.

Sourate 13

AR-RA'D (le tonnerre)

Celui qui vous fait voir l'éclair vous inspire crainte et espoir ; et il crée les nuages lourds. (Verset 12)

18 heures 3
Grande Volière, bureau du chef,
alias le gars mézigue

Cellule de crise.

De nos jours, t'as remarqué, le moindre incident provoque la constitution d'une cellule de crise.

Un marmot s'est tordu la cheville sous le préau de la maternelle ?

Cellule de crise !

Un tracteur en panne sur un passage à niveau

aurait pu provoquer un déraillement si la ligne n'était pas désaffectée depuis la Libération?

Cellule de crise!

Coup de tonnerre sur un stade de foot : un brûlé léger?

Cellule de crise!

Un inspecteur des travaux finis s'est fait traiter de fainéant dans le plein exercice de ses fonctions?

Cellule de crise!

Fort à propos, ces cellules de crise sont en général renforcées par des unités de soutien psychologique qui prennent en charge le suivi post-traumatique des victimes.

Mon cul, oui!

Quand t'as vraiment morflé, c'est pas la cellule de crise, les unités de soutien psychologique ni le suivi post-traumatique qui t'aident à t'en tirer. Mais ta famille, tes amis et puis ta propre force de caractère!

Ne crois pas que la société te fasse un cadeau en t'assistant! Bien au contraire! Elle t'inféode, te rend dépendant d'elle, éternel redevable, remercieur à merci. Elle te propose des illusions d'oxygène et disposera de toi jusqu'à ton dernier souffle de gaz carbonique.

Redresse-toi, mon grand ! Cambre les reins ! Bombe le torse ! Et va les affronter, ces dealers de perlimpinpin, ces saupoudreurs de faux rêves, pourvoyeurs de vrais cauchemars, tous ces politiquarrisseurs de liberté ! Bats-toi avec tes armes : à main nue, simplement prolongée d'un bulletin. Glisse-le dans la fente de l'urne et renvoie-le aux vingt-deux mètres de leur médiocratie ! Tu en as le pouvoir. C'est le seul qui te soit pour l'heure incontesté. Ne le néglige surtout pas !

Pardonne mon agressivité, Nez-de-Bœuf. La fatigue, sans doute. Car voilà près de trente-six heures que je n'ai pas rabattu un cil, t'en conviendras ?

Cellule de crise, donc, puisqu'il faut l'appeler par son nom. Au cœur de mon burlingue. La fine fleur de l'équipe y est rassemblée. Ou presque. Pinuche a été chargé de suralimenter Béru et de le contraindre à récupérer dans les plus brefs délais ses kilos égarés.

Devenu chipoteur de par sa novice maigritude, Alexandre a exigé une jaffe de first quality.

Aussi avons-nous réquisitionné Guy Savoy, le cuistot le plus doué de sa génération[1]. Mon pote de Bourgoin-Jallieu a installé une roulante dans la cour de la Grande Cabane. Sous sa houlette, une brigade forcenée confectionne à feu continu les mets les plus exquis de la Création.

Par la fenêtre entrebâillée, le choc des casseroles et les gémissements d'extase du futur ex-maigre nous parviennent, à peine turbés par la circulance des bagnoles le long des bois sur verges.

Aux dernières nouvelles, malgré la finesse de la bouffetance ingérée, Béru aurait déjà repris six kilos certifiés conformes par la balance.

Encourageant.

Paumes appliquées sur le sous-main, je toise mon assistance.

– Bien ! J'aimerais que quelqu'un me résume l'affaire qui nous occupe.

Silence dans les rangs. Chacun s'efforce de se faire oublier. Mon regard tombe sur mon fils Toinet et s'y attarde.

---

1. Avec Loiseau, hélas envolé.

– J'ai pigé ! marmonne ce dernier. C'est moi qui m'y colle. Comme par hasard !

– Si tu veux un jour poursuivre la saga des San-Antonio, il faut que tu sois capable de raconter une histoire, mon garçon ! Et avec talent. On t'écoute...

18 heures 6

Cuisine du buffet de la gare de Tours

Tête enfouie dans le bac, Imran lavait la même sous-tasse depuis de longues minutes.

Les toilettes s'étant révélées sans issue, il s'était rabattu sur les cuisines. Une chance que Moussa, le plongeur, ait aussitôt pigé son problème. Un tablier, un bonnet, et le tour avait été joué. Les deux fouineurs étaient ressortis sans rien remarquer d'anormal. Le grand Black avait trop galéré avant de décrocher ce job pour ne pas se sentir obligé de sortir le cul des ronces à un copain traqué par les keufs. Mais le petit Beur ne devait pas pour autant taper l'incruste.

– Faut que tu te casses, maintenant, gamin !

– Les mecs sont p't'être encore dans les parages ?

– Possible. Mais M'sieur Kamel, notre chef de cuisine, ne va pas tarder à rappliquer. Il ne doit pas te trouver ici, sinon ça va chier des bulles.

Les gobilles de Moussa s'arrondirent.

– Merde ! Le v'là déjà...

Imran jeta un regard furtif par-dessus sa soucoupe. Il ne put réprimer un frisson d'angoisse. L'homme qui venait d'entrer n'était autre que son voisin de train. Le Maghrébin grêlé qui l'observait tandis qu'il lutinait la grosse.

Monsieur Kamel coiffa son imposante toque et se dirigea d'un pas décidé vers la plonge.

18 heures 9

Bureau de San-Antonio

Sur l'écran plat, le portrait flouté d'un homme rondelet à la barbe grisonnante s'offre à notre con... ? Voitise ! Excellent ! Tu gardes le rythme.

– Voici la dernière photo en date d'Ahmed Assuikillira, explique Toinet. L'image est extraite d'une bande vidéo enregistrée à sa sortie de l'immeuble où habitait Rigobert Lingueau. Ce Marocain est recherché depuis un an comme l'un des protagonistes majeurs du carnage de Madrid.

– J'ai demandé un récapitulatif chronologique des récents événements ! regimbé-je. De A jusqu'à Z, sans détours par G, X ou Y !

– J'y viens, j'y viens. Ce n'était qu'un indispensable préambule, bougonne mon rejeton. Cet Ahmed, accompagné d'un autre type, plus jeune et copieusement barbu, dont nous possédons également un portrait que je vous montrerai lorsque mon père m'en laissera l'opportunité, a vraisemblablement assassiné Rigobert Lingueau, employé au bureau des Objets trouvés, pensant qu'il avait détourné un colis.

– Quel genre de colis ? questionne Jérémie Blanc, juste histoire de me faire chier.

– Un sac renfermant un carton d'œufs. Les tueurs étaient à la recherche de ce paquet égaré par un certain Imran Foudraj. En fait, une vieille femme, Éloïse Habélard, avait ramassé ces œufs. Elle a essayé de s'en faire une omelette, mais elle est morte après avoir brisé le premier. Car les œufs renfermaient un gaz d'une terrible toxicité…

– Puis-je intervenir ? me demande Amélie.

Sans attendre mon assentiment, elle enchaîne :

– L'œuf que nous avons pu étudier était au départ un œuf de poule normal, vidé de sa substance à l'aide d'une seringue, puis rempli de gaz. Pour obturer le trou et renforcer la coquille, on l'a plongé dans une solution de matière plastique ultrarésistante et incolore. Les premières analyses indiquent que le gaz utilisé serait une mutation hyperbornibusée de l'ypérite, le redoutable gaz moutarde. Sa puissance létale en a été multipliée par cent douze sur l'échelle d'Hammorah. Vous dire sa dangerosité !

Elle se rassied. Toinet récupère le crachoir.

– La première personne a être arrivée sur les lieux du meurtre de Rigobert est la lieutenante Hermine Derrien, ici présente.

(Tu paries que mon salopiaud de fils a remarqué ses yeux verdâtres et repéré sa culotte encore blanchasse malgré le temps qui pacse ?)

– Cette brillante collègue…

(Regard furibard d'Amélie à l'adresse de mon garçon !)

– ... a signalé une inscription tracée sur le mur avec le sang de la victime. Quatre lettres : CHOH.

Antoine junior me couve de son regard d'azur.

– Bien que parti sur la fausse piste des CHO, mon père n'en a pas moins élucidé un crime passionnel et recueilli la photo d'Ahmed Assuikillira que vous pouvez toujours admirer sur l'écran.

Je me tasse dans mon fauteuil directorial.

Si tu savais comme la fatigue me va bien à l'âme ! Elle me pelotonne gentiment. Me tisse un suave cocon. Me cocoone, pour reprendre les décocoonades verbales d'aujourd'hui. La paix s'instille et s'installe dans mes veines, mes verveines...

Des effluves de tisane chamboulent mes olfactions. Là-bas, près du village, était un vieux tilleul. Jadis, sous son feuillage, j'aimais à rêver seul. Il était ancré chez ma bonne-maman, ce vieux tilleul : ombre sereine ou bien pleine d'ennui ? Le chagrin, la peine... Schubert, l'inachevé...

– Papa !

Les deux mains de mon fils, si douces au long de mes joues mangées de barbe, plissées d'exténuation, peut-être déjà vieillies…

– Excuse-moi, Antoine, je m'étais assoupi. Mais vas-y, continue, c'était très bien.

N'oublie jamais de dire à tes enfants qu'ils sont formidables. Même quand tu le penses.

– Tu ne changeras jamais, le padré : toujours aussi flagorneur !

Surtout s'ils ne te croient pas.

– CHOH ! reprend Toinet. Nous avons cherché d'autres hypothèses qu'un patronyme chinois du treizième arrondissement. Les résultats sont maigrichons. *Cho bad'dak* signifie *Comment ça va ?* en libanais et en syrien, mais bof ! Sur internet, on trouve pas mal de sites CHOH.

Amélie compulse ses notes.

– Un Bird Choh, directeur artistique ; Christian Homeschooler Of Hawai, école dite C.H.O.H. ; Choh-Ming Li, économiste ; Choh Yuen, apparemment réalisateur de films ; Choh Man Teng, Choh Poh Hin, Chun-Sing Choh et même un Choh Hao-Li, presque homonyme de la Chinoise assassinée. En tout, près de 60 000 références. On va trier tout ce fatras…

– Difficile d'établir une relation plausible avec le mot CHOH écrit chez Rigobert, puis retrouvé dans les affaires d'Imran…, poursuit mon garnement.

– Dans l'ordre chronologique ! renâclé-je à nouveau. L'histoire dans l'ordre chronologique !

– Exact ! concède mon Antoine. J'ai oublié de développer le personnage d'Imran. Ce garçon français, né de parents marocains, aurait été embrigadé par Ahmed et sa bande. Chargé de livrer les œufs mortels en un lieu encore inconnu, il a perdu le colis. Pour le punir (ou le récompenser ?), ses mentors ont décidé d'en faire un martyr et de l'expédier en Syrie pour être éduqué à cet effet.

» Peu emballé par ce projet, Imran a tenté d'échapper à ceux qui le drivaient. Tandis qu'il récupérait les œufs chez la vieille Éloïse, il a assommé mon père. Puis il a échangé ses fringues avec un dealer notoire, Abdellatif Boulazayro, lequel a été abattu de trois balles dans le cœur en ses lieu et place. C'est là que le tueur a de nouveau semé le message CHOH dans les affaires du gamin.

Test concluant, non ? Mon môme a su rassembler les pièces du puzzle pour dessiner un contour acceptable de l'affaire.

Je récupère la main :

– Imran est en cavale. On le recherche. Il peut nous conduire là où il devait livrer les œufs.

– Sa traque est en bonne voie ! me confirme Nabil, oreillette reliée à son Q.G.

– Autre volet de l'histoire, continué-je : le mollah Kelbodar !

D'un claquement de doigts, j'incite Toinet à nous en proposer le portrait fourni par mon mystérieux Hogan, alias Yanos, patron du peep-show.

Murmure dans l'assistance.

– Je reconnais que la ressemblance avec Béru est stupéfiante. A-t-on procédé à des vérifications ?

Amélie opine.

– D.S.T, R.G., D.G.S.E., police des frontières, tous certifient qu'il s'agit bien d'une photo de Kantitrik Kelbodar. Nous avons même contacté Langley : la C.I.A. confirme.

– Le curriculum de ce mollah ?

– On en sait peu de chose. Il serait né au Pakistan il y a une cinquantaine d'années. Il a rejoint Kaboul lors de la victoire des Talibans, pour devenir avec le mollah Mohamed Omar ainsi qu'avec Ayman al-Zawahiri l'un des intimes de Ben Laden. Il a été formellement localisé pour la dernière fois, début décembre 2001, à Tora Bora. Il aurait été reconnu sur des images filmées par un drone, montrant un convoi sur une route isolée à l'ouest de Kandahar, en Afghanistan. Depuis…

– Une grosse pointure ! apprécié-je. Selon mon informateur, CHOH serait un mot de code permettant à Kelbodar de retrouver Oussama sur notre territoire sans que personne d'autre puisse connaître ce lieu. Avec, à l'horizon, la perspective d'un attentat annoncé comme sans précédent. A prendre avec les réserves d'usage, ce genre d'individus maniant l'intox mieux que quiconque. Mais au sérieux, quand même…

– La toxicité des œufs est bien réelle ! souligne Amélie.

– Pour revenir au mouchard, Yanos, le patron du peep-show, on a pu cerner le personnage ?

Jérémie crache un chewing-gum presque aussi blanc que son nom et ses ratiches.

– Tenancier, proxo, demi-dur : le hareng classique. Rien à signaler d'autre, sauf qu'il est bosniaque.

– Et alors ? Il serait papou, ça changerait quoi ? rétorqué-je.

– Qu'il ne serait pas forcément musulman. Yanos Danlanich, lui, fréquente assidûment la mosquée Al-Garad de la rue de l'Échauffourée.

– Tu sais que tu formes une vraie nova à toi tout seul, commissaire Blanc ? Car la matière grise gisant sous ton crâne noir illumine nos esprits pâles ! Bonne pioche ! Piste à creuser.

– Mes p'tits gars sont déjà à l'ouvrage avec leurs pelles et leurs piolets.

– Un musulman ! Un fanatique ! Voilà qui explique pourquoi, se sentant piégé, Yanos a préféré se trancher la gorge.

Blanche-Neige m'adresse une moue compatissante.

– Il y a un autre problème avec ce Danlanich : il ne dégoise pas une broque de français. Il baragouine l'italien et bredouille l'angliche, mais, pour ce qui est de notre langue, bonjour-bonsoir et basta !

– Donc, ce n'était pas lui, Hogan ! Il n'a servi qu'à porter le nounours et à introduire mon informateur dans la place.

– T'as tout compris, bwana ! Du coup, on peut penser que le véritable Hogan l'a peut-être aidé à se sectionner les carotides.

Sous ma coiffe, je te fais serment que ça bouillonne dru.

– Merde ! Où est la fille ?

– Quelle fille ?

– Linda, la strip-teaseuse !

Je retrouve la rouquine dans le burlingue de Pinuche, en grande causette avec le brigadier Poilala qui lui raconte la vie édifiante de son neveu. Un p'tit gars tellement sportif qu'il est obligé de picoler la semaine pour éliminer son match de foot du samedi après-midi. Et bosseur comme pas deux! Père Noël pour les fêtes, il vend du muguet le Premier Mai, des cocardes le 14 Juillet et des chrysanthèmes à la Toussaint. Mais alors, pas décidé à se laisser supprimer le lundi de Pentecôte férié!

La donzelle est ravie de me voir enfin. Sa petite Ludivine l'attend à la crèche dans moins d'une demi-plombe et c'est pas demain la veille qu'on l'empêchera d'aller la chercher.

– Montrez-moi votre derche! ordonné-je.

Instantanément pro, la Linda commence à négocier.

– C'est cent z'euros! Deux cents avec un vibromasseur et trois cents si j'utilise le double gode.

M'avisant aux marges de l'apoplexie, Poilala la convainc de se décarpiller au plus vite.

Je te la fais brève : Linda n'a pas de tache de vin en forme de cœur sur la fesse gauche, contrairement à ma Linda à moi.

Je viens de piger qu'Hogan, mon informateur secret, était une informatrice. Et qu'elle a réussi à se barrer, vu que toutes les poétesses du prose ont été relâchées, leurs papiers étant en règle.

J'exige de Jérémie la convocation immédiate de ces damoiselles. Mais je sens déjà que je me suis fait fourrer par l'une des plus habiles adversaires que j'aie eu à affronter[1].

Tu sais qu'un vrai feuilletoniste ne te laisse jamais t'endormir à la fin d'un chapitre ?

Alors, voilà que mon portable re-re-re-carillonne.

La voix de nounours, enregistrée :

« Bonsoir, commissaire, ici Hogan. Nous avons rendez-vous cette nuit avec le mollah Kelbodar. Venez accompagné de l'inspecteur Bérurier, pour la substitution. Inutile de convoquer le ban et l'arrière-ban de la police. Vous avez compris que ma méfiance était extrême et que je savais dénouer vos lacs et déjouer vos rets. Soyez à trois heures du matin précises à Rungis, au pavillon de la Boucherie. Entrez par la porte C. Ouvrez vos yeux et vous saurez comment suivre le fil d'Ariane… »

Grésillement, et puis la canzonette :

« Chauds ! Chauds ! Chauds… les lapins ! »

1. Pas mal, non, dans le style Dard-Vinci Gode ?

Sourate 14

IBRAHIM (Abraham)

Ne pense point qu'Allah soit inattentif à ce que font les injustes.
Il leur accordera un délai jusqu'au jour
où leurs regards se figeront. (Verset 42)

19 heures 41

Bureau de Béru

Menu Printanier de Guy Savoy :

Huîtres en nage glacée

Suprême de volaille de Bresse, foie gras et artichauts, jus à la truffe

Ragoût des maraîchers à la coriandre en grains

Crème légère de lentilles et langoustines

Soupe d'artichaut à la truffe noire, brioche feuilletée aux champignons et truffes

Thon et caviar Sevruga en vinaigrette au caviar, sabayon de chou au caviar

Foie gras de canard rôti et nage de chou rouge, raifort et moutarde en graines et fanes

« Tout petits pois »

Salade de homard « Tradition »

Homard breton rôti en carapace, jus Bordelaise au corail

« Côte » de gros turbot à l'œuf en salade et soupe

Sole entière en panure « croustillante », légumes du printemps compotés au jus de sole

Bar en écailles grillées aux épices douces

Filets de rouget barbet poêlés, jus au foie, beignets d'herbes et pommes Maxim's

Thon « toutes saveurs » au gingembre

Suprême de volaille de Bresse en papillote à la citronnelle, légumes juste grillés

Côte de veau juste rôtie, purée de pommes de terre à la truffe, jus de veau

Ris de veau rissolés, « petits chaussons » de pommes de terre et truffes

Canette rôtie à l'ancienne, navets sautés à cru et compote de béatilles
Gigot d'agneau de lait « tout simple », gratin d'épinards et champignons

Je te passe la sélection des fromages affinés et la farandole des desserts…

– Il a tout avalé ! s'émerveille Guy Savoy. Un phénomène, ton copain. C'est la première fois qu'un gus est capable d'épuiser ma carte. Pour manifester tant d'appétit, il doit avoir dansé devant le buffet quand il était gone.

– Mais il n'a pris que onze kilos ! soupire Pinaud.

– Ma cuisine est diététique et légère. J'ai fait ce que j'ai pu. Maintenant, je dois regagner mon restaurant de la rue Troyon. Vous devriez essayer de passer à des mets plus roboratifs : potée, cassoulet, choucroute…

– Non, non ! J'ai plus faim…

De tels mots dans la bouche de Bérurier, il y a de quoi s'alarmer, non ?

– … j'ai même surtout envie d'bédoler, larmoie le néo-fluet. D'puis que j'ai sifflé la potion à c't'empaffé d'Alfred, ma boyasse tourne à l'envers. C'est comme si je boulotterais à vide ! Dire qu'j'avais prévusse d'faire un régime, pour reséduire Berthe. Y en avait un qui m'plaisait bien : d'la viande qu'une fois par jour et au moins cinq fruits. J'm'étais dit qu'un rôti d'trois kilos et cinq groseilles, ça s'rait dans mes cordes ! Pas eu l't'emps ! Avec la saloperie du pommadin, aussitôt becté, aussitôt déféqué ! D'ailleurs, un truc m'épate, Tonio, toi qui sais tout : comment que la bouffe ça se transforme en merde, franchement ? Bon, la purée d'châtaignes, la mousse au chocolat, l'civet d'lièvre ou l'bœuf en daube, j'dis pas, c'est déjà marronnasse au départ. Mais une salade de crevettes, des fleurs de courgette, des carottes râpées, du fromage blanc à la crème ou des fraises des bois ? Hein, San-A, comment se fait-ce ?

– Depuis ma tendre enfance, je me pose la même question que toi, mon ex-Gravos. Sans réponse.

– Si qu'on chierait en Technicolor, ça serait quand même plus gai. Et pis ça nous f'rait des fonds d'calbar artistiques ! Moi, j'pourrais même faire des espositions. M'enfin, en attendant, faut que j'alle aux vécés !

Triste à voir, ce pauvre Alexandre, effondré derrière son burlingue, la mine hâve (Caumartin), le dentier déchaussé (d'Antin) et les yeux hagards (Saint-Lazare).

Son col de chemise, prévu pour enserrer un garrot taurin, flotte autour d'un cou de cigogneau. Le corps de la limouille reste abattu sur son buste efflanqué comme un drapeau en berne.

A terme, je ne me fais guère de soucis. Dame Nourriture reprendra ses droits, et Béru tout son beau graillon. Mais il faut se rendre à l'évidence : jamais le désobésifié n'aura d'ici l'heure du rendez-vous à Rungis atteint la corpulence nécessaire à sa permutation avec le mollah Kelbodar !

Je remercie mon triple étoilé au Michelin pour sa louable contribution, conseille au Pinochet d'escorter Béru aux gogues et de lui soutenir le moral, puis je déhotte *nach* le labo.

Amélie m'écoute poliment. Sans être Abraham, je reste pour elle un patriarche. Elle secoue négativement sa rouquine tignasse.

– Désolé. Il n'existe aucun médicament au

monde capable de faire reprendre à Bérurier le poids qu'il a perdu. Du moins dans un délai aussi bref.

Elle hausse ses gracieuses épaules.

– Vous n'avez pas de regret à avoir, patron. Quelle que soit leur ressemblance, je ne vois pas comment Alexandre aurait pu remplacer ce mollah d'une manière crédible. Il parle déjà un français très approximatif, alors vous l'imaginez se dépatouiller en arabe littéraire ou en patchou ?

– Si tu avais lu *Tango chinetoque*, *Fleur de nave vinaigrette* ou *Bérurier au sérail*, par exemple, tu serais surprise des capacités d'adaptation et d'improvisation de Béru, ma chère Amélie. Mais il est vrai que tu étais bien jeune, à cette époque. Cela dit, je pense que mon informatrice nourrit un projet précis et maîtrisé concernant cette substitution. Alors cette substitution DOIT avoir lieu. Débrouille-toi, mais à deux heures du matin, je veux ici même un Béru parfaitement identique au mollah Kelbodar. Si tu ne te sens pas assez compétente, appelle ton père au Sénégal[1]. Xavier savait résoudre tous les problèmes !

1. Si t'as pas lu *Les escargots ne savent plus baver*, c'est que t'as bullé !

Rien n'est plus insupportable pour un jeunot que d'être mis en concurrence avec son dabe. Amélie n'a d'autre choix que de se défoncer la paillasse. Et que crois-tu que j'attende d'elle ?

La livrant à sa ruminance, je gagne le burlingue de son fiancé de mon fils[1]. Antoine s'apprêtait à me lancer un SMS sur Radio Poulaga fréquence 22.

– P'pa ! Jérémie a appelé. Vérification faite, aucune des danseuses du peep-show ne présente de tache de vin sur une fesse.

– Toutes les filles ont été passées en revue ?

– Sans exception. Ce qui signifie... ?

S'il espérait me piéger, mon lardon, il l'a dans le baba.

– Cela signifie que mon interlocutrice anonyme, après son numéro sur scène, s'est travestie en homme pour me parler et que c'est en micheton et non en michetonneuse qu'elle a quitté la boîte.

– Donc ? m'harcelle Antoine[2].

---

1. Nouvelle tournure que je suis en train de tester sur le modèle : « sa pute de ta femme » ou « sa connerie de ton cerveau ».

2. Agréable prénom composé.

– Donc, Jérémie Blanc s'est rabattu sur les mâles de la rafle. Notre cliente étant obligatoirement l'un d'eux.

– Exact. Ils ont été vite retrouvés. Hélas, pas un seul non plus n'a d'angiome sur les meules !

– Là, je ne pige plus...

– Attends, p'pa. Un de ces mecs s'est aperçu qu'il avait paumé ses papiers ou qu'on les lui avait piqués. Son alibi est incontestable : il n'a pas quitté son établissement de la journée. Il tient un troquet rue de l'Échauffourée, tout près de la mosquée où se rendait régulièrement Yanos.

– Comme par hasard !

– Sûrement pas une coïncidence. Celle qui lui a chouré ses fafs le connaissait, savait que, déguisée en homme, elle pouvait lui ressembler au point de passer à travers un contrôle d'identité au peep-show.

– Excellent ! jubilé-je. La photo de ce patron de bistro va nous permettre de dresser un portrait-robot de Miss Hogan dans sa version masculine !

Mon fils me claque la paume.

– Et puisque les bonnes nouvelles, comme les couilles et les témoins de Jéhovah, marchent toujours par deux, Nabil vient de m'apprendre qu'Imran a été localisé à Tours.

Sourate 15

AL-HIJR (le pays du Prophète)

Le jour du Jugement dernier
les mécréants regretteront
de ne pas avoir été soumis. (Verset 2)

20 heures 14
Appartement sur cour, impasse Alexandre, Vanves

Mohamed versa de l'eau bouillante sur une poignée de menthe poivrée et rabattit le couvercle de la théière en étain. Ses nerfs l'avaient contraint à supprimer le thé, et ses artères à renoncer au sucre.

Au téléphone, Moulay tentait de rassurer l'émir :

– Un de nos sympathisants l'a repéré. Ne t'inquiète pas, Idriss, Imran est sous notre contrôle, avec l'aide du Prophète.

– La police aussi engraisse des mouchards parmi les musulmans, répliqua le cheik Sabitt. Selon mes sources, Imran est également dans leur point de mire. Ils ne vont pas tarder à l'intercepter. Je ne le veux pas. Ce serait une catastrophe. Dis à ton contact d'employer avec Imran une méthode... radicale ! Amine !

21 heures 17

Voie ferrée, Tours

Le ballast crissait sous ses pieds et les traverses défilaient rapidement.

La lune avait enfoui sa face sous un matelas de cumulus et seuls les réverbères des quais lointains dispensaient quelque lumière.

Après s'être sauvé au nez et à la barbe du chef cuistot par la fenêtre de la réserve, Imran était allé, sur le conseil de Moussa, se réfugier dans une cahute désaffectée de l'ancien poste d'aiguillage. Il avait dû tromper son monde, puisque personne n'était venu l'y déloger. Maintenant que la nuit était tombée, il était temps de reprendre la migration vers le sud.

Imran avait eu tout loisir de repérer les lieux. Pour quitter la station ferroviaire en toute tranquillité, le plus prudent était encore de passer par la gare de marchandises.

21 heures 19

Gare de marchandises

L'ordre était tombé. Brutal. Sans ambiguïté. Il fallait éliminer ce jeune Beur, un véritable traître à la cause islamique.

Il aurait sans doute pu refuser cette mission dont il ne connaissait même pas personnellement les commanditaires.

Pourtant, il avait subtilisé un couteau à désosser et s'était mis en chasse.

Il n'avait guère tardé à repérer sa proie.

Maintenant il était à l'affût.

Tout à l'action, il n'avait pas remarqué l'ombre

qui se déplaçait furtivement derrière lui depuis sa sortie des cuisines.

21 heures 20

Voie ferrée

Imran traversa les voies A, B et C, plié en deux pour rendre sa silhouette le plus discrète possible.

Alors qu'il s'engageait sur la voie D, il sentit sa gorge se nouer. A l'horizon, deux phares, pareils à des yeux de félins, fonçaient dans sa direction, tandis qu'un mugissement augmentait à ouïe d'oreille[1].

Dans cette partie éloignée de la gare, les voies n'étaient pas séparées par des quais, mais tassées les unes contre les autres. La vitesse de l'express était telle qu'Imran n'aurait jamais le temps de rejoindre le terre-plein. Impossible de déterminer sur quelle voie fondait sur lui le mastodonte.

Alors il se jeta à plat ventre entre deux rails, comme il l'avait vu faire par ses héros à la télé.

1. On dit bien « à vue d'œil » !

Son corps frêle fut soulevé de terre par la violence du souffle. Dans un fracas d'enfer, le train passa sur la voie d'à côté. Imran attendit qu'il se fût éloigné et son tintamarre dissipé avant de se relever.

Les jambes flageolantes, il acheva la traversée des voies, guettant de droite et de gauche l'éventuel surgissement d'un nouveau convoi.

Le cœur battant la chamade, le jeune homme longea le hangar numéro 1 dont le pignon nord devait, suivant son estimation, donner dans une ruelle paisible.

Comme il parvenait à l'angle du bâtiment, Imran fut surpris de découvrir Moussa dont le faciès d'anthracite se distinguait mal dans l'obscurité.

Moins bien, en tout cas, que l'éclat métallique de son couteau de cuisine.

Imran n'eut pas le temps d'esquiver le coup que lui portait le plongeur.

Un bras, jailli de la nuit, avait bloqué le geste et désarmé son agresseur.

Imran mit quelques secondes à réaliser que Kamel, le chef du buffet de la gare, venait de lui sauver la vie.

Moussa se dégagea de l'armlock et prit la fuite.

– Il n'ira pas loin! prédit Kamel.

Puis, devinant la tentation d'Imran :

– Toi non plus! C'est quadrillé de flics dans tout le secteur. Tu as eu de la chance, petit, que j'aie vu le Négro piquer le couteau et que je l'aie suivi. Je n'ai pas de conseil à te donner, mais si c'est toi que la police recherche, et quoi que tu aies fait, tu ferais mieux de te rendre. Parce que des types comme Moussa, tu risques d'en rencontrer d'autres. Et je ne serai pas toujours là…

Sourate 16

AN-NAHL (les abeilles)

Si Allah s'en prenait aux gens pour leurs méfaits
Il ne laisserait sur cette terre aucun être vivant. (Verset 61)

23 heures 19

Commissariat du 13e

– Où devais-tu livrer les œufs ? demandé-je d'un ton si suave que même le papier gaufré du burlingue dégouline de miel.

Imran se renfrogne :

– Quels œufs ? (Il prononce z'euf.)

– Tu me fous les abeilles, là ! explose Nabil. Écoute-moi bien, Foudraj, on ne t'a pas rapatrié de Tours en hélico, avec escorte de motards, sirènes et gyrophares depuis Villacoublay, pour que tu nous prennes pour des zozos !

– J'vous jure ! J'sais pas de quels z'eufs vous parlez !

– Dans un paquet ou un colis que tu devais porter quelque part..., insisté-je.

Là, le môme tique :

– J'savais pas qu'y avait des z'eufs dans le sac ! Et alors ? C'est un délit ?

Nabil va se planter devant lui.

– Regarde-moi bien, Imran ! On se connaît depuis qu'on est minots. On est de la même race, on a la même religion, on a vécu la même merde, dans le même quartier...

– Ouais ! Sauf que toi, t'es devenu un keuf; moi j'ai choisi l'autre camp !

– Tu crois qu'entre tes petits deals minables et mon job de flic, il n'y a pas la place pour un boulot correct, pour une vie normale ?

– Facile à dire ! Toi, ton père, y te lattait pas à coups de ceinturon quand tu ramenais pas de thune à la casbah !

– Moi, mon père, il est mort quand j'avais treize ans. Écrasé par une pelleteuse sur un chantier. Tu te rappelles pas ? Ta mère était venue faire le youyou à l'enterrement ! J'ai suivi mes études en bossant pour aider ma famille…

– Si tu veux me prouver que t'es meilleur que moi, te fatigue pas, j'le sais !

– Je veux simplement t'expliquer que tu as encore une chance de t'en sortir, et que je peux t'aider à la saisir !

Silence. On entendrait glaner un morpion dans la jachère des Bérurier.

– Ce sac, où devais-tu le déposer ? susurré-je.

Imran détourne la tête.

– Si je parle, ils me tueront !

– Comme ils ont abattu ton copain Abdel ?

– C'était pas mon copain, c'était un fumier !

– Alors, tu as moins de scrupules de l'avoir envoyé au casse-pipe.

– Il m'a taxé mes Puma et mon blouson. Ça lui a pas porté chance, voilà tout !

J'échange un bref regard avec Nabil.

– D'accord ! On acceptera cette version… Si tu nous désignes le lieu où tu devais remettre le sac.

– Impossible ! Je vous dis qu'ils me tueront !

J'étale sous le nez d'Imran les portraits

d'Ahmed et du chauve à la grande barbe, non encore identifié.

– Qui ça, ILS ? questionne Nabil. Ces deux *wāli* ? Tu les connais, bien sûr !

– Le vieux s'appelle Ahmed Assuikillira, énoncé-je calmement, et l'autre…

– … Moulay ! craque Imran.

– Ben voilà ! Tu deviens raisonnable. Moulay ! Moulay… c'est quoi, déjà, son nom de famille ?

– Danlbronz. C'est lui qui voulait me buter.

– Comment tu les as connus, ces types ?

– A la mosquée.

– La mosquée Al-Garad de la rue de l'Échauffourée ?

– Des mosquées, à Paris, y en n'a pas *bezzef* ! A part la Grande Mosquée du cinquième qu'est réservée aux rupins !

– Et où tu les retrouvais, ces lascars ?

Imran se recroqueville.

– Je peux vraiment pas le dire, j'vous jure !

– Dis-nous au moins l'endroit où tu devais porter le colis, le tarabuste Nabil.

– Jamais !

Je me lève, contourne le gamin et plaque avec rudesse mes paumes sur ses épaules.

– La situation est simple, mon petit Foudraj. Soit tu nous fournis l'adresse de livraison du sac, et on te met à l'abri jusqu'à la fin de l'enquête. Soit tu refuses de collaborer, et on te libère en le faisant naturellement savoir à tes amis Ahmed et Moulay…

23 heures 55

7 bis rue Vladimir-Podzoby, Paris 16e

– Un magasin de jouets ! s'étonne Nabil.

La boutique, plutôt bon genre dans ce quartier chicos, arbore l'enseigne pompeuse : « Aux plus beaux jouets du monde », peinte en anglaises dorées sur un fond bleu de France – un genre d'Entente cordiale.

– Imran ne nous a pas parlé d'un magasin !

– Il l'ignorait. Je suis sûr qu'il n'y était jamais venu. Je ne pense pas qu'il ait eu le cœur à nous balancer des vannes.

Je descends de ma Porsche Cayenne.

– 7 bis... C'est bien ici ! Il n'y a pas d'autre entrée que celle de la boutique. L'accès aux étages se situe au numéro 7.

Nabil quitte à son tour le véhicule.

– Livrer un poison mortel chez un marchand de joujoux ! Je le crois pas... Vous pensez que les terroristes pourraient s'en prendre à des mômes, commissaire ? En piégeant des jeux, par exemple ?

– J'en sais rien, mon vieux ! Tout est possible.

Je m'approche de la grille barrant la porte.

Deux tours de mon sésame plus tard, notre intrusion déclenche une beuglante alarme et l'illumination générale du magasin.

Je n'en ai ? Rien à foutre ? Erreur ! La bonne réponse était : cure !

Et, pour nous saluer dignement, une demi-douzaine de coucous rigolards pour chambre d'enfant se mettent à chanter en chœur...

Les événements du

TROISIÈME JOUR

Sourate 16
(suite)

… les douze coups de minuit.

La chorale des petits piafs tout juste achevée, le hululement d'une sirène de police vient suppléer celle de l'alarme, laquelle marque une pause suite à mon coup de saton dans le boîtier.

Je charge Nabil de réceptionner les confrères et de rasséréner le voisinage. La pachatte du seizième ne fera pas de suif, c'est une potesse de longue chatte[1].

1. A l'occasion, je te signale le bouquin de Florence Montreynaud, *Il faut appeler une chatte…*, savoureux dictionnaire de la babasse et de ses corollaires. Tant que les féministes manifesteront un tel humour, on pourra dormir sur nos deux couilles. Et même les aimer, ces chiennes ! Sans modération, mais avec respect.

J'investis l'antre des jouets. Elle a de quoi raviver ton âme de môme, cette boutique ! Et même te donner l'envie de jouer à papa-maman, juste histoire de venir y faire les emplettes de Noël pour ton futur rejeton.

Je me baguenaude entre les rayonnages, émerveillé par cet univers ludique, mais rongé de perplexité : et si la supposition de Nabil était la bonne ? Si les patrons d'Imran comptaient vraiment s'attaquer à des enfants ?

Après tout, des Tchétchènes n'ont pas hésité à prendre des centaines de mômes en otage à Beslan, avec les conséquences que t'as pas pu oublier, malgré ton égocentrisme pathologique.

Un petit jet de gaz mortel injecté dans le hochet et la girafe Sophie… Tchic-tchic, pouët-pouët : anéantie, la maternelle ou la crèche !

Je rejette cette abjecte pensée comme une vomissure. D'autant que les mots d'Hogan, au peep-show, me reviennent en mémoire : *l'attentat le plus meurtrier de l'histoire de l'humanité !*

Même si la destruction d'une classe, voire d'une école tout entière, comme en Ingouchie, constituerait un attentat sordidignoble et pire encore, si le mot existe, on ne pourrait pas le qualifier de *plus meurtrier de l'histoire de l'humanité!*

Sans me réconforter, cette réflexion m'apaise dans l'immédiat.

Et je reprends ma vadrouille parmi les peluches de tout poil, les poupées Barbouze, Bratz, Corolle, Chagatte aux fraises, Polly Pocket, les marionnettes, les figurines Action Man, Power Banders, Pokemon, Nikéma, Winnie, Dora, Oui Oui, Ankor, Franklin, les Chicco, Fisher Price, Smoby, Susmond, Play Doh, les petites voitures, les garages, les circuits 24, les Hot Wheels à cascades, les jeux d'éveil, de cartes, de société, Parker, Hasbro, Hasbeen, MB jeux, Playmobil, de construction, Lego, Meccano, Megablok, Géomag, Gromak, les crayons Crayola, peintures, coloriages Blopens, les modèles réduits radioscommandés, les maquettes, les consoles de jeux X-box, Playstation, game cube, game boy, game-gay, les baladeurs PD, les karaokés Kinikoku, les mini-chaînes, les CD-Rom, les cassettes vidéo, les coloriages, les livres illustrés, les panoplies, les déguisements.

Au bout de ma quête, je retiens deux éléments étranges.

D'abord, un alignement de nounours à nœud-nœud semblables à celui livré à Félicie. Un panonceau vante les mérites de cette peluche en promotion :

« Je m'appelle KATE HOGAN
Je ne coûte que 18 euros
J'aime me laisser câliner
Tu peux me faire dire ce que tu veux
En enregistrant un message
Dans mon petit cœur. »

Je devine où mon informatrice s'est procuré l'oursonne, pas toi ? Et comment elle a improvisé son pseudonyme.

Quant au second truc bizarre... finalement... je ne vais le découvrir qu'au chapitre suivant.

Une lubie !

Si t'espérais t'endormir sur la séquence Nounours dans *Bonne nuit les petits*, t'es de la revue.

Je suis ce que l'édition amerloque appelle un *page-turner*.

T'as donc pas le choix, coco (ou cocotte) : mouille ton doigt et tourne la page.

A moins que tu n'aies mieux à faire avec ce doigt ?

Sourate 17

AL-ISRA' (le voyage nocturne)

L'homme attire le mal comme il attire le bien,
car l'homme est très hâtif. (Verset 11)

0 heure 9

Magasin de jouets

J'arpente la galerie des masques.

En carton, plastoche, latex, ils figurent les perles de notre civilisation. Dans le désordre : Charlot, Chirac, Fernandel, Pasqua, Blanche-Neige, Naomie Campbell, Joyeux, Sarkozy, Grincheux, Villepin, Prof, Robert Hue, Simplet, Barnier, d'Artagnan, de Villiers, Le Pen, Capitaine Crochet, Zidane, Einstein, Bush, Saddam, Mickey, Donald et… Oussama Ben Laden.

Problème avec l'effigie du leader d'Al-Qaida :

son masque n'est pas suspendu à une étagère, mais plaqué sur le visage d'un type assis dans une chaise à bascule, laquelle oscille nonchalamment.

Autre problème : rocking-chairman ruisselle d'un sang évadé de ses carotides. Les derniers spasmes de sa mourance agitent encore le siège. Un Opinel de chasse gît à ses pieds.

Surmontant ma répulsion, j'arrache le masque ben-ladénien pour mettre au jour un faciès parcheminé au menton résillé d'une barbe grisonnante.

No cachotteries avec toi : cette gueule m'évoque une récente image.

– Antoine ! lance une voix dans mon dossard.

Je me retourne et découvre non sans émotion Line de Kok, la commissaire d'arrondissement. On se pète la bise, vite fait.

– Tu sais qui c'est ? dis-je, désignant l'égoutté du raisiné.

– Bien sûr : le proprio du magasin de jouets. Araz Matouf, un Marocain sans histoires.

– Moi, je le connaissais sous le nom d'Ahmed Assuikillira, un Marocain avec histoires, plutôt du genre terroriste.

– Une bonne couverture, la boutique de joujoux. Faudra vérifier.

Line se colle contre moi.

– Tu te souviens, la dernière fois qu'on a bossé ensemble ?

– Tu parles ! L'affaire des raffineurs d'héroïne. On avait monté une souricière juste en face du labo clandestin.

– Moi, je guettais à quatre pattes devant la fenêtre. Pour tuer le temps, tu avais glissé ta langue dans ma minouche. Je m'en rappellerai toujours.

– Malheureusement, le type a quitté sa planque. Alors on a foncé...

– Et tu m'as perdu de vulve !

Ma collègue retrousse lentement sa jupe.

– Si on reprenait là où on en était restés ? J'ai demandé à mes hommes de ne pas franchir le périmètre de sécurité. On est tranquilles pour un petit moment. Et c'est pas le Marocain qui risque de nous disturber.

Hélas, si !

Je viens de remarquer un bout de papier dépassant de sa chemise souillée.

Je le tire.

Le déplie.

Il s'agit d'un plan détaillé de la cathédrale Notre-Dame de Paris.

0 heure 57

Bureau de San-Antonio

Line rajuste sa jupaille.

Ses pommettes Carmina et son cul Burana témoignent que nous avons Karl Orffé jusqu'aux Enfers. Notre cunnilingus interruptus de naguère s'en trouve fort honnêtement rafistolé.

– Ouf ! Tu seras toujours le meilleur, San-Antonio ! J'adore les langues étrangères, mais quinze ans se sont passés sans qu'un seul mec me fasse jongler comme toi.

Tu sais que les …pliments me laissent …plètement froid ?

Mais peut-être pas toi, ma future et adorable …pagne[1] ?

1. Fantasme un peu : et si c'était toi, l'adorable com… en question ?

0 heure 59

Porte du labo de la Grande Volière

Amélie m'en barre l'accès.

– Non, non, patron ! Laissez-nous travailler. Angélique me donne un sacré coup de main. Seule, je ne m'en serais jamais sortie. Votre fils vous attend dans son bureau.

0 heure 61 (ou 1 heure 1, espèce de tatillon !)

Bureau de Toinet

– J'espère que tu ne t'es pas gouré, p'pa ! Parce que ça coûte bonbon, ce genre de plan ! L'alerte maximale a été déclenchée sur Paris, avec mention spéciale pour Notre-Dame. Aucune attaque aérienne n'aurait la moindre chance de réussite. En principe.

1 heure 30

Au-dessus de la cathédrale

L'avion planait très haut, à la limite du décrochage.

Il avait survolé la campagne sans attirer l'attention.

Rivé à ses commandes, Issan, le pilote, restait cependant vigilant. L'émir l'avait prévenu : si le test était concluant, il aurait le droit de participer à l'assaut final. Sous l'égide du mollah et... du Combattant suprême.

En cas d'échec, Issan Derribouy savait ce qui l'attendait.

La manière dont Moulay avait égorgé Ahmed, avec son propre coutelas, en disait long sur les manières expéditives de ses supérieurs. A sa connaissance, la seule faute d'Assuikillira avait été de ne pas avoir su apprécier l'émir Idriss Sabitt. D'avoir émis des réserves sur ses méthodes novatrices. Et de l'avoir suspecté ouvertement d'homosexualité.

Erreur à ne pas commettre devant Moulay qui

raffolait des jeunes garçons. Issan en conservait un souvenir aussi cuissant que cuisant.

Notre-Dame dressait sa flèche dans la nuit.

Concentré sur ses manettes, Issan effectua plusieurs passages à l'aplomb de l'édifice.

La fois suivante, il n'hésita pas à sinuer entre les deux tours. L'attaque nocturne serait la bonne.

L'avion reprit de l'altitude, vira au-dessus de la tour Eiffel et replongea en direction de la cathédrale.

– Maintenant ! ordonna l'émir.

Issan s'essuya le front d'un revers de manche. Plus question de tergiverser. Il fallait y aller !

Le jeune pilote avait des jours durant étudié le meilleur point d'impact. La petite verrière, dite Rose de la Vierge, face au parvis, lui avait paru un peu juste, ne laissant que peu de marge à chaque extrémité des ailes de l'avion. Tout bien réfléchi, le maillon faible de la bâtisse était sans aucun doute la grande rosace nord.

Il poussa à fond les gaz et partit en piqué. Plus rien n'aurait pu empêcher sa volonté de s'accomplir.

Lancé à pleine puissance, l'avion percuta la verrière qui se pulvérisa sous l'impact. A peine freiné par les débris de vitraux, l'engin acheva sa course au centre de la nef où sa bombe incendiaire explosa.

Les dix œufs furent pulvérisés.

Instantanément, toute trace de vie s'en trouva éradiquée dans un périmètre de… dix à douze mètres carrés.

Un écureuil et trois mulots succombèrent.

Une chance que l'attentat se fût produit en mars. Plus tard dans la saison, les larves d'insectes eussent été écloses et le bilan en eût été sinistrement alourdi.

Sourate 18

AL-KAHF (la caverne)

Nous avons placé ce qu'il y a sur la terre pour l'embellir…
Puis, nous allons sûrement transformer sa surface en un sol aride.
(Versets 7 et 8)

3 heure tapante

Pavillon de la Boucherie, Rungis

D'emblée, tu es frappé par l'odeur de la mort. Mais d'une mort fringante, joviale, appétissante. Bien entretenue, correctement travaillée, la barbaque n'a rien de macabre.

Ce qui rend funèbres nos défunteries familiales, ce sont les pompes. Les atours, les parades, les marches, les messes et les oraisons font la mort triste. Alors qu'elle n'est à la fin des fins que le happy end d'une vie.

T'as déjà pleuré, toi, sur un bœuf devenu gîte-à-la-noix ? Non, et tu sais pourquoi ? Parce qu'il te donne faim !

Ce parfum sournois qui s'évade de nos chers disparus ne provient pas de leur décès, mais des onguents dont on les oint. Le seul baume que la viande tolère bien, en fait, est celui de la fumaison.

Devant nous, un échalas en tunique blanche et calotte kasher passe un jet de kärcher pour évacuer les jus et filaments sanguinolents. Que le sol usé luise comme un sou neuf.

Notre pénétrance au pavillon de la Boucherie ne passe pas inaperçue, fais confiance ! Clients, employés, manœuvres et mandataires se détranchent sur mon compagnon.

Faut dire qu'il est grandiose, le gars Béru, en mollah.

Quel travail accompli par Amélie, Angélique et leurs auxiliaires ! Digne de Jim Henson, paix à son âme et à ses immortels *Muppets* !

Et merci au latex !

L'enflure a récupéré toutes ses formes. Même son cou de goret a recouvré sa majesté porcine.

Et sa figure est devenue copie conforme de celle de Kelbodar.

Comment te le décrire par des mots, mieux que Boucq dans le dessin figurant sur la couverture de ce remarquable ouvrage ?

Corne la page et jette un cil sur la couvrante. Qu'aurais-je à rajouter au talent de mon illustrateur ? Sinon : Merci, François, de m'avoir évité un verbiage.

Bien ! Nous voici à la porte C du pavillon de la Boucherie. Respect total des commandements de Kate Hogan : « *Venez accompagné de l'inspecteur Bérurier, pour la substitution. Soyez à trois heures du matin précises à Rungis, au pavillon de la Boucherie. Entrez par la porte C...* »

Et après ? Que disait-elle dans son message ?

« *Ouvrez vos yeux et vous saurez comment suivre le fil d'Ariane...* »

Une poignée de jeunes Arabes se ruent vers le mollah et se prosternent à ses pieds.

– Qu'est-ce que j'fais ? maréchal-grommelle Béru entre ses ratiches.

– J'sais pas, moi ! Tu leur souris...

– Si que j'souris, mon faux menton et ma fausse gorge vont s'déchirer.

– Alors, tends-leur tes mains à baiser. Ce qui marche chez les cathos devrait fonctionner avec les musulmans…

Du temps que le re-Gravossé se laisse attoucher, moi j'inspecte les lieux.

« Ouvrez vos yeux ! »

Tous mes quinquets sont en batterie.

« Ouvrez vos yeux ! »

Mais je les ouvre, bordel !

Et qu'est-ce que je vois-t-est-ce-que ?

Des noms de sociétés, alignés au-dessus de leur stand, rivalisant de grotesquerie dans le choix des logos.

« Ouvrez vos yeux ! »

Je m'astreins à reluquer les enseignes ornées de têtes de porcs, de bœufs grassouillets et de petits veaux pleureurs.

Vers le milieu du pavillon, un calicot requiert mon attention : *Chodâne A, boucherie en gros.*

Cho… d'âne ! On se fout de l'âne pour ne retenir que le Cho.

Cho ! Choh ! Chauds… les marrons !

« Ouvrez vos yeux et vous saurez comment suivre le fil d'Ariane... »

Chodâne A, boucherie en gros.

Le A égale Ariane, *probablementl*y.

Je m'approche d'un escogriffe en train d'empiler des aloyaux dans un bac en zinc.

– Salut. Ariane est là ?

La grande saucisse me dévisage.

– Non, la patronne arrive plus tard.

– Vous auriez un message pour moi ?

– Vous êtes Sana ?

– Tout à fait.

– Ouais, j'ai un colis pour vous.

– Remis par qui ?

A question bêtasse, réponse crétine :

– Par quelqu'un.

– Une femme ?

– Pas du tout.

– Alors un homme ? pronostiqué-je, peu enclin à la recherche des grosses cotes.

– Presque : un Arabe. Avec un bonnet bleu sur la tête.

Je dégaine le portrait de Moulay.

– Lui ?

– Ça se pourrait bien.

Décidément, Miss Hogan aime à se servir de messagers : Danlanich chez Félicie, Danlbronz ici même à Rungis.

– Que vous a-t-il dit ?

– De donner le paquet à un certain Sana qu'allait venir sur le coup de trois heures du matin. Il m'a refilé une petite pièce pour la commission. Tenez, voilà…

Le demi-demeuré me remet une boîte de la taille d'un carton à chaussures, entourée de papier-cadeau. Le pacson que tu connais déjà avec, à l'intérieur, un nounours à nœud-nœud rose.

Précautionneuse, cette fois, Hogan m'a fourni les piles AA LR6 :

« Bonjour, commissaire, c'est bien d'être venu avec votre acolyte… S'il vous plaît, rejoignez… »

Je n'en reviens pas ! Comment sait-elle que Béru m'a accompagné puisque son message est préenregistré ? Une complicité au sein de la police ?

D'une pression du médius, je rembobine le message du nounours.

Les événements du troisième jour

« ... ssaire, c'est bien d'être venu avec votre acolyte... S'il vous plaît, rejoignez le mollah Kelbodar au bâtiment B5, pour l'heure désaffecté. Vous trouverez la clé sous une pierre de lune. »

3 heures 25
Bâtiment B5

– Une pierre de lune ! grondé-je. Elle se paie vraiment ma fiole ! A quoi ça ressemble, une pierre de lune ?

Béru hausse ses épaules bardées de caoutchouc façonné.

– Selon d'après ma Berthe, ça doit z'être blanc-bleu. Mais, d'mon avice, c'est plutôt en forme de croissant.

La vérité sort de la bouche des infantiles, c'est bien connu. Et à nouveau vérifié.

Je déniche la clé du local sous une brique brisée ressemblant à un quart de lune.

Désaffecté, le local ? Alors pourquoi le moteur des chambres froides vrombit-il à fond la caisse ?

Pourquoi les crochets de boucherie alignés

comme des agrès, en rang par douze, sont-ils pelliculés de glace ?

– Putain, ça caille ! commente le mollissant mollah.

Nous progressons à pas crissants dans ce temple du frimas. Nos souffles dispersent dans l'atmosphère d'improbables nuages.

Tout au bout de l'interminable congélo, un cercueil est disposé sur deux tréteaux.

Sans couvercle.

Douillettement allongé sur un capitonnage doré moiré de givre, le mollah Kelbodar nous attend, figé, résineux, résigné pour l'éternité.

Béru s'incline au-dessus de la bière et se rejette en arrière :

– Oh, nom de Gu ! C'est moi !

Posé sur le sarcophage, un nounours Kate Hogan n'attend que le titillement de mon index pour me fournir une once d'explication :

« Bravo, commissaire, d'être arrivé jusqu'ici. Désormais, votre adjoint est devenu le mollah Kelbodar. Évacuez discrètement le cadavre et ne perdez pas votre temps à rechercher les causes de sa mort. Notre mollah a été victime d'une crise

cardiaque, et cela nous pose un très grave problème. Je vous recontacterai prochainement. Mais, surtout : trouvez la signification des lettres CHOH. Sinon, vous ne pourrez éviter le pire… »

Sourate 19

MARYAM (Marie)

Elle dit : « Comment aurais-je un fils,
quand aucun homme ne m'a touchée,
et que je ne suis pas prostituée ? » (Verset 20)

6 heures 8
Bureau de San-Antonio

Mollah Béru s'est endormi dans un fauteuil. Il ronfle à pleins naseaux et sa gorge de latex vibre, rajoutant un rabiot de décibels.

Nasillement mis à part, je ne suis pas loin de l'imiter, tant la fatigue m'accable. Je me sens dodeliner au-dessus de mon burlingue. Je roupillerais déjà copieux si le brave Pinaud ne me tenait la jambe. Suçotant un mégot éteint, gluant comme une loche trop lichée, il prétend m'exposer le fond de ses conclusions.

– Tu vois, Antoine, oiseuse-t-il, j'ai ma propre théorie au sujet des lettres CHOH...

– Tant mieux !

– Tu m'écoutes, au moins ?

– Je ne fais que ça.

(Entre deux somnolences.)

– Parce que voilà : tu n'es pas sans savoir que mon épouse est sérieusement malade, ce qui justifie son absence hier soir au sympathique raout des Bérurier. Il se trouve qu'indépendamment de son alzheimer – en bonne voie de stabilisation, soit dit en passant –, elle souffre également de l'intestin grêle, du duodénum, de la vésicule, du pancréas et de la vessie...

L'entrée en coup de vent de Toinet met fin à l'énumération des malédictions de Lady Pinuche.

– Un problème à Notre-Dame ? m'enquerré-je[1].

1. N'est-ce pas plus gracieux que « m'enquiers-je » ? Comme « Saint-Céré » que « cinq cierges » !

– Non, rien de rien, p'pa. Ce plan trouvé sur le corps d'Ahmed était un leurre. Un coup de flûtiau destiné à tester notre capacité de réaction.

– Peut-être. Quoi d'autre ?

– Ça !

Il me montre la photo d'un homme jeune, à l'abondante chevelure châtain, au regard bleu perçant de chat idem.

– Hogan ?

– Dans sa version garçon.

– Un portrait-robot ? Aussi rapidement !

– Mieux que ça : une photo que nous avons dégauchie et légèrement retouchée. Ce type prêche à la mosquée Al-Garad. Il y est considéré comme une sorte de gourou. Certains l'appellent « l'Émir ». Tu es le seul, p'pa, à avoir compris qu'il s'agissait d'une femme. Bravo !

– Bravo à toi, fils ! Superboulot.

– Et c'est pas tout ! Grâce à l'image de surveillance fournie par Cho La-Pin et au témoignage d'Imran, on est parvenus à détecter plusieurs identités bidon de Moulay Danlbronz. Il se fait appeler tantôt Hichi Danlakol, tantôt Oussava Sbelhétron, parfois Samerd Hatouva…

On est vraiment près de le serrer, fais-moi confiance !

– Je te fais confiance ! C'est tout ?

– Non. Amélie et sa copine t'attendent au sous-sol. Elles sont en train de charcuter le mollah Kelbodar. Sans me mêler de ce qui ne me regarde pas, la môme Angélique est raide dingue de toi. Si tu savais le cinoche qu'elle nous a fait pour te rencontrer. Moi, je serais toi…

– T'es pas moi !

Toinet repart, laissant claquer la lourde derrière lui.

Réveillés en sursaut, Béru largue une caisse semi-berbère et Pinaud me réentreprend :

– Comme je te le disais, Antoine, ma chère et tendre Geneviève-Marthe entretient des relations conflictuelles avec sa santé. Et notamment son taux de sucre dépasse les doses généralement admises par la faculté…

Tu me pardonnes d'exploser ?

– Fous le feu à ta viocarde, Pinuche, et prépare-moi du caramel. En attendant, veille sur Béru. Moi, je file à la morgue. Ça sera toujours plus gai que ta conversation !

6 heures 31

Sous-sols de la Grande Volière

Au cas z'où l'ignorant tu ne le saurais pas, dans les entrailles de la Maison Poulaga se terre un institut médico-légal réservé aux V.I.M. (*Very Important Macchab*). C'est là qu'on dissèque, incise, découpe, taillade, émince, sectionne, tronçonne, dépèce, désosse les cadavres de qualité. Les mortibus qu'on ne saurait laisser divaguer à la morgue publique par crainte de les retrouver à la une de *Voici* ou bien de *France-Dimanche*[1].

Kantitrik Kelbodar en fait naturellement partie.

L'endroit est étriqué, juste pourvu du triste nécessaire au débitage de la viande froide.

Amélie retire ses gants et les balance dans une poubelle.

– Hogan ne vous a pas menti, patron. Le

1. Occasion de te présenter mon pote Gérard Chagnon qui m'a inspiré le « Larronde » que tu connais bien, si tu me suis avec assi... ? Duité !

mollah a bien succombé à un infarctus massif du myocarde.

– Quand ?

A son tour Angélique se déshabille les doigts.

– Difficile à déterminer du fait de la congélation du corps. Plusieurs jours, en tout cas.

– On pense que Kelbodar a été mis au frais le temps nécessaire à sa substitution par Béru, reprend la fiancée de mon fiston.

– Donc, que sa présence est indispensable à l'opération qui se prépare, poursuit la légiste.

J'hoche et opine.

– Hogan me l'a assez ressassé : le mollah doit retrouver Ben Laden par l'entremise de CHOH (une fulgurance me perfore). Sans le mollah et sans CHOH, pensé-je, peut-être que l'attentat annoncé ne pourrait pas avoir lieu ?

Angélique semble adhérer à mon analyse.

– En effet. Si Kate Hogan nous fournit le cadavre de Kelbodar et nous pousse à le remplacer par son sosie, c'est qu'elle y a un intérêt !

Amélie n'est pas tout à fait du même avis.

– Un intérêt, oui, mais strictement personnel ! Je veux dire : pas forcément lié à sa cause.

– Et ça change quoi ?

– Que l'attentat aura lieu de toutes les façons !

– Donc, qu'il vaut mieux obéir aux injonctions de notre étrange émir, conclus-je.

Angélique se range de mon côté.

– Quoi qu'il en soit, on n'a rien à perdre à découvrir la signification de CHOH ! Bon ! Moi, je vais photocopier mes notes de rapport et aller me coucher. Je suis naze !

– La photocopieuse est là-bas, au fond du couloir, jette Amélie. Merci de m'avoir aidée à grimer Béru.

– Merci à toi de m'avoir aidée à autopsier le mollah !

Mon imminente bru se retire sur cet échange d'amabilités, non sans m'avoir gratifié d'un clin d'œil pouvant se traduire par : « Bonne bourre ! »

Qu'ont-ils donc, mes héritiers, à vouloir me coller cette nana dans les pattes ? Son job paraflicard et son look mi-bourge correspondent-ils à l'idée que mes enfants se font de ma gonzesse idéale ?

Ou cherchent-ils déjà à caser leur papy Antonio ? A dégoter la perle rare qui poussera son chariot ?

Mollo, Paulo-Paulette ! C'est encore moi qui décide.

Ce sidi, je lui en repasserais bien une deuxième couche, à la Marquizdez ! Et je ne vais pas me gêner. D'autant que la voir penchée sur la photocopine me ranime la pieuse.

Je lui trousse la jupaille et déchire sa culotte. L'avantage des dessous bon marché, c'est qu'on peut les lacérer d'un simple crochet du doigt.

Angélique se retrouve le cul sur la bécane. Mes coups de reins déclenchent aussitôt l'éclair et le tonnerre. La foudre n'est pas loin de s'abattre sur nos sens, lorsque je ressens un méchant coup de mou dans la corde à nœuds.

Comme si mon gros Poucet venait de rater un lacet à l'assaut d'un col, je t'assure, de première catégorie.

Ma matraque s'échappe de sa chape. Ô Marie Jésus…

Angélique s'amollit tout autant sous mon poids.

Et moi je pars en vrille dans un tourbillon de moi-même.

7 heures 2

France miniature, Élancourt (78)

Le gardien affecté à la zone orangée du parc d'attractions souffrait des jambes. Il ne savait jamais trop de laquelle, surtout devant le toubib de la médecine du travail. Va savoir quelle guibole te fait mal alors que t'en as deux ! La douleur ne s'affiche pas en vert fluo sur l'écran de l'hôpital. Surtout quand tu es noir. Elle te travaille les ligaments, te tracasse les jointures, te triture les triceps.

Une vraie saloperie, la douleur !

Ankormafi (Yacinthe de son prénom) récupéra ses outils dans l'abri de jardin et se dirigea vers le secteur dont il avait la charge.

Il contourna la tour de Provins, la basilique du Sacré-Cœur, le Moulin-Rouge, le Stade de France, l'Arc de Triomphe, la place de la Concorde et la Grande Mosquée avant de parvenir devant Notre-Dame de Paris.

Yacinthe se statufia.

La fidèle réplique de la cathédrale, modèle

réduit du temple d'Esméralda, s'était effondrée sur ses bases.

Le parvis calciné et les matériaux de construction fondus sous l'effet d'une intense chaleur conduisirent le gardien à conclure que le bâtiment avait été dans la nuit victime d'une météorite.

Paraît que c'est déjà arrivé au Niger, ça, mon vieux !

Sourate 20

TA-HA (lettres de l'alphabet)

« Qu'en est-il donc des générations anciennes ? » (Verset 51)

8 heures 19

Fourgon de police dans les rues de Paris

Je reprends conscience, allongé sur la banquette d'un sous-marin.

Inutile de te rappeler ce qu'est un sous-marin en termes de flicaillerie, à toi qui lis davantage de polars que je n'en écris. Mais, pour les autres, les néophytes en san-antoniaiserie, il serait bon qu'ils sachiassent qu'un sous-marin est une camionnette banalisée, aménagée façon camping-car. Depuis l'intérieur, une équipe de planqueurs peut observer les environs sans être repérée, grâce à un matériel vidéo de type périscope. D'où la dénomination de l'engin. C'est bon, les cancres, on a suivi ?

Mon fils Antoine m'aide à ingurgiter un gobelet de caoua. Je soupçonne Amélie, également du voyage, d'y avoir ajouté sa mixture personnelle, car, dès la première gorgée, je me sens requinqué comme Popeye par une boîte de papayes.

Mollah Béru, le révérend Pinaud et le capitaine Nabil participent itou à la croisière.

Après la troisième goulée, je suis prêt à escalader le pic de la Merdanbol (géographie selon Alexandre le Merdator).

Mon garnement et sa compagne me résument les paragraphes que nous avons zappés, surtout toi, chanceux tributaire du fil de ma plume dont tu suis les méandres sans avoir à en recharger le réservoir.

Savoir : ne me voyant pas regrimper du soussol, Amélie, passé le délai de baisouille légal, est descendue à ma recherche. M'a retrouvé potagé au pied de la Canon Alfa 69 et a constaté la disparition de son amie Angélique Marquizdez.

– La légiste a été enlevée ! m'annonce froidement Toinet. Une peluche au catogan rose a été déposée sur la photocopieuse par le ravisseur. Toujours la même voix. Elle nous fixe un ultimatum. En substance : si CHOH, « Ze San-Antonio Code », n'a pas été déchiffré aujourd'hui samedi à 13 heures, Angélique mourra et deux heures plus tard notre pays sera à feu et à sang.

Une évidence s'im ? Pose ! 10 sur 10, tu aurais pu répondre : Cruste, oublieux de la transformation du « n » en « m » devant un « p » odoriférant. Je la livre, cette évidence :

– En plein cœur de la Cabane Poupoule, le kidnappeur a forcément agi en connaissance des lieux. Voire avec une complicité.

Sur ces propos, mon regard croise les yeux clairs de Nabil.

– Complicité ? réagit-il au quart de millième de tour. C'est à moi que vous pensez, commissaire ? Parce que je suis arabe ou à moitié ? On est des millions de cette race, bientôt un milliard de musulmans à la surface de la terre ! Et vous croyez qu'on est tous des terroristes ?

– Je ne t'accuse de rien, Nabil ! me défange.

– Attends la suite, p'pa. Le message de l'émir nous indique la planque de Moulay.

– Impasse Alexandre, à Vanves ! grince Nabil. Une adresse que moi, le félon, j'ai fait confirmer par Imran après une longue joute psychologique.

– Personne ne te soupçonne de traîtrise ! tranché-je. Et ton complexe d'arabitude, tu t'en fais un suppositoire, d'accord ?

– Je tiens à vous signaler aussi que je vais négocier pour Imran un travail d'intérêt général pour lui éviter le cabanon et l'aider à se réinsérer.

– Superbe initiative ! fais-je, sincèrement admiratif.

Homme nu bilé par son propos, Toinet sollicite l'attention générale :

– Hogan nous conseille d'infiltrer Béru en tant que mollah Kelbodar auprès de Moulay, plutôt que de lui donner l'assaut.

– On dirait que l'émir a pris notre enquête en main, raille Amélie.

– Notre enquête, je ne sais pas, mais les cartes, c'est bien elle qui les tient en main, fait observer le jeune capitaine réconforté par mon intervention. Elle a kidnappé Angélique et sait où doit avoir lieu l'attentat.

– Nous aussi! affirme mon fils.

Il me fournit une info sur laquelle je ne vais pas m'étendre[1] puisque tu l'a déjà reçue. Un avion modèle réduit a démoli la maquette de la cathédrale Notre-Dame de Paris. L'H.L.M. à Quasimodo de France miniature est complètement destroyed (langage de Toinet).

Étrange, la coïncidence avec le plan déniché sur Ahmed!

Soupçon : des bestioles crevées aurait pu être victimes du même gaz que celui contenu dans les œufs.

Analyses en cours.

Pourquoi entendus-je : anale Lise en cour?

La prégnance de mon intoxication?

Le fourgon prend un large virage à droite, ce qui entraîne une louffe de Béru au fumet de laquelle il me semble déceler la *canette rôtie à l'ancienne* et, davantage encore, les *navets sautés à cru* qui l'escortent.

1. Pourtant, j'adore m'étendre sur une nympho.

Et puis c'est l'éveil malencontreux de l'inspecteur Pinuche. La Vieillasse bat des ramasse-miettes, crache des bribes de tabac et m'avise :

– Ah, mon petit ! Dieu soit loué ! Tu es enfin revenu à toi. Il m'aurait été fort déplaisant de devoir annoncer ton trépas à ton irremplaçable Félicie de mère. Et justement, à propos de décès ou plutôt de maladie, je tenais à te faire part du fruit de mon analyse…

– S'il s'agit d'une analyse d'urine, tonton César, rigole Toinet, on appelle ça un calcul !

Élevons le débat, suivant l'expression favorite de ceux qui s'apprêtent à le ramener au ras des pâquerettes.

– Hogan sait en effet beaucoup de choses, mais elle ignore la signification de CHOH. Elle compte sur nous pour déchiffrer ce code ! Contactez tous les spécialistes en décryptage !

– A part ça, on fait quoi ? questionne la pragmatique princesse du labo.

Quand ton bulbe rachidien s'apparente à une purée de salsifis, un conseil : laisse parler ton instinct plutôt que ton intellect.

– On obéit aux injonctions d'Hogan.

– En pratique ?

– D'accord pour envoyer Béru en poisson pilote auprès de Moulay. Sauf que s'il lui parle en arabe…

– Le nounours nous a rassurés sur ce point. Le mollah et Moulay n'ont qu'une langue en commun : le français.

Béru largue une nouvelle louise fleurant cette fois le *thon « toutes saveurs » au gingembre.* Enfin une bouffée de fraîcheur !

– Z'êtes bien gentiles, tous autant qu'vous z'êtes, mais avec vos conneries, moi j'vais rater l'match France-Grande-Britiche que San-A m'a fait cadeau d'un billet !

Il se fouille et me refile un ticket plus froissé que son maillot de corps au temps de sa splendeur.

– Tiens ! Tu l'refileras à un aut' amateur de rugeby.

– Tu peux refuser cette mission, Gros ! Pardon… je voulais dire… Maigrelet !

– C'est pas d'mon genre, pas z'accomplir mon devoir ! Si vous voudrez que j'joue la chèvre, banco ! J'ai déjà l'bouc. Mais faudrait qu'vous m'disez ce qui faut que je fisse, ezactement.

– Vous êtes afghan, tonton Béru, explique Amélie.

– Comme le lévrier, précise Pinaud, ranimant la flamme de son vieux clope.

– Moi, j'préfère les levrettes !

– En tant que mollah, vous êtes sacré. Moulay Danlbronz ne se permettra jamais de vous poser des questions dérangeantes. Essayez de parler le même français que d'habitude. Il prendra votre langage pour afghan comptant.

– Et j'attends quoi, au juste ?

– Un miracle ! grimacé-je. En l'occurrence, une rencontre avec Ben Laden.

– Le barbu du onze septemb' ? J'croive pas que c'est un rigolo, lui !

– Il doit pourtant se marrer, de temps à autre, en lisant la presse. Ce qui m'inquiète, c'est que Moulay puisse éventer la supercherie.

– Impossible, p'pa ! Par l'entremise de la nounourse Kate Hogan, l'émir affirme que Danlbronz et Kelbodar ne se connaissent pas.

Kate Hogan…

Pourquoi, en cet instant, s'impose à moi la certitude que je ne reverrai jamais Angélique ?

Sourate 21

AL-ANBIYA (les Prophètes)

Nous avons fait du ciel un toit protégé.
Et cependant ils se détournent de ses merveilles. (Verset 32)

8 heures 24
Appartement sur cour, impasse Alexandre, Vanves

« Impossible, p'pa ! Par l'entremise de la nounourse Kate Hogan, l'émir affirme que Danlbronz et Kelbodar ne se connaissent pas. »

– Incroyable ! s'exclama Moulay. On entend tout ce qu'ils racontent !

L'émir Sabitt désigna une touche verte au bas du poste de télévision pourvu d'un gigantesque écran plat.

– Grâce à ce dispositif. Mais attention, sitôt que le faux mollah sera ici, il faudra presser ce bouton pour couper la transmission.

– Et pourquoi ? demanda Issan Derribouy, le pilote, qui avait rejoint le trio final.

– Parce qu'ils ont eux aussi équipé l'inspecteur Bérurier d'un matériel audio pour entendre ce que nous disons. Si bien qu'ils entendraient que nous entendons ici ce qu'ils se disent.

– Je ne comprends pas trop, grimaça Moulay.

– Moi, j'ai pigé ! ponctua Issan. Pas de retour à l'envoyeur !

– Exact.

L'émir (on peut l'appeler Hogan, si tu préfères) fit signe à ses acolytes de prêter l'oreille, car leurs adversaires, parvenus au bas de l'immeuble, fignolaient leur plan.

Voix de San-Antonio, déterminée :

« On débarque Béru. Il s'infiltre dans la place. Antoine et Nabil, vous restez en couverture dans le sous-marin. Amélie, Pinuche et moi, on rentre au bureau. Priorité à CHOH ! C'est vraiment chaud brûlant… »

Voix de Pinaud, chevrotante :

« Justement, au sujet de CHOH, j'ai une prophétie que j'essaie de t'inculquer depuis la nuit des temps. Mais tu ne m'écoutes plus sous prétexte que je suis à moitié gâteux. Tu verras que tes lecteurs finiront par te le reprocher ! »

Claquements de porte.

« Je fais allégeance, ô noble vieillard, et serment de t'écouter jusqu'à exacerbation totale de mon système nerveux. »

Voix de Pinaud :

« Eh bien voilà, sans prologue ni dissertation superfétatoire. Il m'est apparu que le mot CHOH p u a t ê t r p o c h... »

Béru s'éloignant de ceux qui causaient, la conversation devenait inaudible.

– Dommage ! regretta l'émir. Espérons que ce vieux sage aura trouvé la solution de l'énigme.

– S'il la trouve, comment le saurons-nous ?

– Je le saurai !

Moulay se résolut à poser les questions qui le tracassaient.

– Pourquoi le mollah Kelbodar est-il indispensable ?

– Parce que notre maître à tous n'apparaîtra

que si le mollah se manifeste. Sinon, il fera demi-tour et l'opération sera annulée.

Issan se rebiffa :

– Pourquoi, annulée ? Je connais mon objectif. Ce que j'ai réussi aux manettes d'un joystick, je saurai le faire aux commandes de n'importe quel zinc grandeur nature, *ila smehti*!

– Selon Idriss, c'est Ben Laden lui-même qui doit nous indiquer l'emplacement de l'avion renfermant le gaz supermoutarde en quantité suffisante, *itouwwel 'emr-k*, objecta Moulay. Les œufs, c'était juste un échantillon ! Tu tiens à sacrifier ta vie en ne tuant qu'une poignée d'infidèles ?

– Un seul de ces chiens crevés suffirait à réjouir mon âme au paradis d'Allah !

Sur le vaste écran plasma, plusieurs carrés venaient de s'allumer. Mollah Béru s'avançait vers l'entrée. La caméra avait détecté son approche. Celle du hall de l'immeuble, encore désert, s'était mise automatiquement en action. L'émir jugea opportun de calmer ses hommes de main.

– Si le lieu de rendez-vous…

– CHOH ?

– Oui, CHOH ! Si le code n'est pas décrypté par les flics, tout est ajourné ! *Fhemt ?* (Compris ?)

Moulay ne quittait pas des yeux l'écran sur lequel le faux mollah poussait la porte cochère. Il ne put retenir une ultime interrogation :

– Comment se fait-il, Idriss, que tu ignores le lieu du rendez-vous ?

– Ben Laden n'a confiance qu'en le mollah Kantitrik Kelbodar !

– Même pas en toi, son propre...

Le regard *haschischin* de l'émir le dissuada d'achever sa phrase.

– *Mene be 'd* ! Je dois m'occuper de la fille. Cette Angélique constitue notre meilleur moyen de pression sur San-Antonio, et la garantie qu'il ne fera pas donner l'assaut. Je file par notre issue secrète. Si jamais ça tourne mal, prenez le même chemin.

– Le gros porc ne passera jamais par l'aménagement du vide-ordures !

– Dans ce cas...

Idriss sillonna sa gorge d'un trait de l'ongle du pouce éloquent.

Une sonnerie retentit dans l'appartement.

8 heures 32

Sous-marin

Voix de Béru, avec un fort accent arabe de sa confection :

« Sahalut les mecs d'La Mecque ! Sahaboume ? »

Voix de Moulay :

« Honneur à toi, mollah Kelbodar ! »

Voix de Béru :

« C'est bien joli, les salamalecs, mais ça ahassoiffe ! Z'auhoriez pas quèque chohose à ali-ch'trogner ? »

Voix de Moulay :

« Un peu de thé à la menthe ? »

Énorme soupir de Béru :

« Ah ouais, c'est vrai, merde ! Vaha pour le thé allah honte ! »

– Tu crois pas qu'il en fait un peu trop ? s'inquiéta Nabil.

– Une tonne, convint Toinet. Il joue dans son ancienne catégorie.

8 heures 34

Véhicule de police banalisé

Au volant, le brigadier Poilala, qui avait escorté notre sous-marin et qui nous rapatrie dard-dard à la ruche, ne perd pas une miette des élucubrations pinulciennes.

– Bien sûr que des nombres sont accolés aux lettres, Mais, sur l'en-tête de l'établissement où ma femme est soignée, il est écrit : Clinique du Professeur Kadud Yabeth et, en sous-titre, $C_6H_{12}O_6$ Hospital. Si tu retires les chiffres, tu obtiens en lettres majuscules CHOH.

– $C_6H_{12}O_6$ est la formule chimique du glucose. Cet hôpital privé doit traiter les insuffisances rénales et pancréatiques, relève Amélie.

– Qu'est-ce qu'on lui pratique, à ta mégère, dans cette clinique ?

– Je te prierai de te montrer respectueux envers mon infortunée conjointe, Antoine. Elle se rend une fois la semaine chez le docteur Yabeth pour sa dialyse péritonéale. C'est suite à son diabète. Certes, une greffe du rein serait envisageable, mais les donneurs compatibles sont rares et réservés à des sujets plus jeunes. Il faut se rendre à l'évidence : Geneviève-Marthe et moi-même avons fait notre temps, mon petit.

Devant ma frime bouledoguée, ma belle-fille en devenir flaire anguille sous loche.

– Une idée vous traverse, patron ?

– Un souvenir, plutôt. De quoi souffre exactement Oussama Ben Laden ?

– A ce qu'on en sait, d'un diabète auto-immune.

– En clair ?

– Des anticorps antipancréas se fixent sur les cellules pancréatiques, lesquelles détruisent alors les lymphocytes, ce qui provoque…

– Traitement ? coupé-je.

– Je ne suis pas médecin, mais, en général, insulinothérapie, administration de l'A.D.H., hormone antidiurétique, dialyses et, à terme, transplantation rénale.

En un éclair au chocolat mon siège est fesse :

– Appelle une ambulance, Amélie ! Qu'elle se rende au plus vite chez Mme Pinaud qui vient de sombrer dans un profond coma diabétique.

– Mais, mais... ! bêle Zébuth. Mon épouse se porte comme un charme !

– Tu paries le contraire, immortel génie ?

9 heures 42

$C_6H_{12}0_6$ Hospital

Nagiba fit irruption dans le cabinet du docteur Yabeth.

– Professeur ! On vient de nous amener Mme Pinaud en urgence !

– Pas vraiment le moment ! Vous me l'expédiez sur la Pétée-Sale-Poudrière !

– Trop tard, ils sont déjà là...

Et un peu là !

Dans sa blouse blanche, Poilala ressemble davantage à un branquignol qu'à un brancardier. N'empêche qu'il passe en un tournemain les menottes à l'assistante du toubib.

J'investis le burlingue, talonné par Amélie.

– Brigadier, vous me mettez Mlle Nagiba en

garde à vue et vous contrôlez le bouclage discret de la clinique.

– A vos ordres, commissaire !

9 heures 42

Appartement sur cour, impasse Alexandre, Vanves

Béru observait Moulay en train de frotter un long couteau de cuisine sur une pierre à aiguiser.

– Tu vaha découper un rôhôti d'porc ?

– De porc ?

– Hé ! Il aime la plaisanterie, notre mollah ! intervint Issan.

– Ahaffirmatif ! J'ahadore déhéconner ! Mais le plus dur, dans l'attente, c'est d'ahattendre, et ça me flanque les crocs ! Y aurait pas un p'tit sanhandwich qui traîne ? Fromage ou jamb... jan... genre qu'on musulmange, quoi !

10 heures 7

$C_6H_{12}O_6$ Hospital

Kadud Yabeth vient d'accoucher dans la douleur.

Douleur de son âme, pas de sa tripe ! Tu me sais peu porté sur les châtiments corporels.

Vu que le temps presse pour mettre sous presse, je te compacte ses aveux en corps 10 :

Égyptien de confection juive (Béru dixit), il s'est établi en France.

Une sommité en néphrologie.

Récemment, sa mère et son fils ont été enlevés au Caire. Pression sur lui. Nagiba le surveille.

Va devoir transplanter deux reins à Ben Laden dans le plus grand secret.

Deux reins, cela signifie-t-il le trépas du donneur ?

Affirmatif.

Et ce donneur ?

Son fils Idriss Sabitt. Un enfant qu'il a eu avec une impure, une Française en vacances en Arabie Saoudite au temps de sa jeunesse.

L'enfant est-il compatible avec son père ?

Oui. Des examens ont été pratiqués dans une clinique londonienne.

Le professeur sait-il que le fils en question est une fille ?

Non. Mais cela n'a génétiquement aucune importance.

Quand doit avoir lieu l'opération ?

Demain les premiers gestes cliniques. Trois semaines pour connaître le résultat de l'intervention.

Ma propre réflexion : demain ? Donc, juste après une attaque sans précédent sur la capitale parisienne. Toutes les forces antiterroristes chercheront alors Ben Laden aux six coins de l'hexagone et bien au-delà des frontières. Alors qu'il sera niché au sein d'une clinique complice.

Le fils, l'émir Sabitt, sait-il où doit avoir lieu la transplantation ?

Non. Seul le mollah Kelbodar est au coran (Béru pourrait dixit).

Comment les deux hommes doivent-ils se contacter ?

Le mollah sera à 11 heures 30 devant la clinique dans une voiture aux vitres fumées. Il baissera sa glace. Ben Laden l'identifiera.

C'est tout ce que peut nous révéler Kadud Yabeth. Pas si mal, non ? Il me maudit d'avoir, par ses aveux, peut-être condamné sa famille en Égypte. Je l'assure que je ferai le maximum pour que les siens soient épargnés. Si Dieu le veut. Mais la loi des grands nombres prévaut toujours et je me dois avant tout de sauver des centaines, peut-être des milliers d'individus tout aussi innocents.

Le bigophone zonzonne sur la table du professeur.

Amélie décroche.

L'émir en bout de ligne. Voix de nounours Hogan, tu t'en doutes :

« Il était temps que vous découvriez la solution. Vous pouvez dire merci à l'inspecteur Pinaud. »

– Comment nous a-t-elle retrouvés ici ? chuchote ma prochainement bru en me tendant le combiné. Par le téléphone de la clinique ? Impossible, puisqu'elle ne savait pas où la rencontre du mollah et de son père devait avoir lieu…

Je lui fournirai la réponse en temps… ? Qui a dit Zanie ? Tout faux ! Zutile ? Bravo !

Me concentre sur l'appel.

« A 11 heures 30, notre commun mollah se montrera à Ben Laden… »

– Parlez franchement de votre père ! Puisque vous nous espionnez, vous savez que nous savons ! (Béru aurait ajouté « de Marseille ».)

« Mon père ? Je vous en fais cadeau, commissaire. Surtout, ne le transformez pas en martyr. Je vous vois mal tirer les marrons du feu. L'arrestation de Ben Laden ferait de vous un héros tel que toutes vos

actions futures seraient réduites à pipi de chat! Songez à votre avenir. Faites-le discrètement disparaître. Les oubliettes constituent le seul vrai châtiment d'un tel coupable, dans la mesure où il n'a même plus l'espoir que quelqu'un pense encore à lui quelque part.»

– Pourquoi tant de haine à l'encontre de votre géniteur? Parce qu'il envisage de vous voler vos reins?

«Non! Allah recommande de se sacrifier pour sauver ceux qu'on aime. Et puis je n'aspire pas à l'immortalité sur terre. Elle serait la plus lourde de toutes les condamnations.»

– Alors? La prise de conscience de ses immondes forfaits?

«Bien au contraire! J'approuve Ben Laden dans sa lutte contre l'Occident qui a toujours méprisé ma demi-race. Mais je ne lui pardonnerai jamais d'avoir contraint ma mère à me faire passer pour un garçon et à m'abandonner aux bons soins du mollah Kelbodar qui m'a élevé dans la masculinité. C'est en apercevant inopinément mes seins, l'autre jour, dans la glace d'une salle de bains, que ce porc de Kantitrik a fait son infarctus.»

– Quel but poursuivez-vous réellement ?

« Achever l'œuvre de mon père et retrouver ma mère. Il l'a fait disparaître, mais je sais qu'elle est vivante. Quand je serai au plus haut d'Al-Qaida, personne ne m'empêchera plus de la libérer. Inch Allah ! »

– On est d'accord ? Vous m'offrez Ben Laden ; en échange, je vous laisse l'opportunité de vous échapper et de le remplacer…

« On s'est mal compris, San-Antonio. Vous avez découvert le code CHOH, bravo et merci à votre team. Mais moi, je vais aller jusqu'au bout. J'avais tout prévu. Le pilote kamikaze et la demi-tonne de gaz ultraconcentré vont décoller. A quinze heures précises la France et le monde entier seront pétrifiés d'horreur ! »

Fin brutale de communication.

11 heures 30

Devant le $C_6H_{12}O_6$ Hospital

Une trentaine de tireurs d'élite encagoulés de noir sont répartis sur les toits alentour.

Accroupi près de moi, leur commandant, à visage découvert, dirige les opérations grâce à un système audio ultraperfectionné. Un brun baraqué à peine plus jeune que moi et à peine moins beau. Va falloir t'habituer, Tonio : la pérennité s'accompagne toujours de ces menus désagréments.

– La voiture arrive ! soufflé-je.

Une Mercedes aux vitres teintées ralentit devant la clinique. La glace côté passager s'abaisse et la trogne du mollah Béru apparaît.

– Il n'y a personne dans la rue...

– Mais si, commissaire, regardez le balayeur noir, là-bas.

– Ben Laden n'est pas black...

– Mais peut-être grimé ! C'est la seule âme qui vive dans le secteur.

– Attendez un peu.

– Ce sont les S.E.S.[1] qui mènent le bal et je suis responsable de l'assaut, compris ?

---

1. S.E.S. = Sections Extra Spéciales, corps dépendant exclusivement d'une douzaine de ministères, et non des moindres. T'en n'as jamais entendu parler ? Quel bouseux tu fais !

– Compris. Mais j'ai un homme dans le véhicule, le gros au turban. Faites gaffe !

– On est payés pour faire gaffe, commissaire.

Le cow-boy se redresse et lance un ordre :

– Équipe du bas : on tape le moricaud. A tous : si résistance, on le sèche. Et puis on serre la caisse. Attention, pas de bavure : le passager avant est des nôtres !

11 heures 32

Intérieur Mercedes

Un trente-cinq tonnes venait de barrer la rue à l'horizon. Deux camionnettes blindées s'élançaient derrière eux, interdisant toute manœuvre de recul.

Moulay stoppa la limousine.

– Et voilà ! On est cuits ! On ne peut jamais faire confiance à tes copains flics !

Il dégagea son calibre de sous le siège et en appliqua le canon contre le turban de Bérurier.

– T'espérais quoi, mon gars ? railla le braqué. Les félicitations du jury ? Quand qu'on joue au con, faut s'attendre à des conséquences à la con.

– Je vais te buter, faux mollah!

– Me buter comme quoi t'est-ce? Traît' à la r'ligion y-s'la-nique? Moive, j'sus t'été baptisé cathodique pur fruit et j'ai mêm' renouv'lé ma première communiante. Te dire si j'ai trahi personne! Je fais mon boulot de matuche. Point z'à la ligne. Tu vas m'servir ma p'tite cervelle meunière, et après? Fallait bien qu'ça finirait un jour. Tiens, autant que j'crève pendant que j'sus maigre. Ça fera moinsse à pleurer pour ma Berthe.

– Tu es courageux, toi, tu aurais fait un bon musulman.

– Parce que tu croives qu'c'est différent un musulman d'un zigue d'Saint-Locdu l'vieux? Remarque, mes parents, y vous appelaient les bicots; c'est vrai qu'y z'étaient cons, à l'époque, quand j'y r'pense!

– Arrête! T'es trop sympa, tu me gâches le plaisir de te flinguer.

– Tu sais que toi aussi, tu vas y passer?

– Moi, c'était prévu. Je meurs pour Allah. Et

je sais qu'Issan va bientôt le glorifier pour les siècles des siècles. Mais toi, j'espérais que tu aurais un peu peur.

– Franco de port, escuze pour le porc, j'sus pas plus rassuré que ça, mais personne me f'ra chier dans mon froc. Je te jure. Pas même un Beur ! Par contre, l'harissa de son couscous, c'est déjà arrivé.

Moulay s'apprêtait à contracter son doigt. Il hésita.

– Non ! L'émir m'a recommandé de t'égorger. Une grande faveur que je t'accorde !

D'un geste fulgurant, il tira le couteau de cuisine bien affûté et trancha le cou de sa victime.

Imposante giclée de sang : Béru s'effondra sur la banquette.

Ce fut le déclenchement de la fusillade.

Moulay se retrouva truffé de plomb.

Mesrine, à côté, c'était une barbe à papa.

Fou d'angoisse, San-Antonio se précipita...

Je suis le premier à ouvrir la lourde dentelée d'impacts de balles.

Béru se redresse. Me sourit.

– R'eusement qu'Angélique et Amélie m'ont fabriqué un faux cou bien rempli d'hémorroïdes…

– On dit hémoglobine.

– C'est du pareil au même.

Quitte à souiller un énième costard, je me presse contre son valeureux poitrail.

Et même que je chialerais de bonheur si je n'appartenais à la race des héros.

Sourate 22

AL-HAJJ (le pèlerinage)

« Goûtez au châtiment de la Fournaise. » (Verset 22)

14 heures 39

Intérieur hélicoptère

T'as revu *Apocalypse Now*?

Le ballet des hélicos !

Tu retires la symphonie, t'oublies la jungle et tu te figures au-dessus de Notre-Dame de Paris.

Un autre coléoptère rase les moustaches de notre rotor.

– Putain ! juronne notre pilote, un vieux de la vieille qui a dû biberonner davantage que son Moulinex. On va finir par s'écharper ! Y aura des morts, mais dans nos troupes, pas dans la populace collatérale.

Autour de nous, ça ronronne, bourdonne, zonzonne et vrombit. Le ciel parigot est devenu une ruche des Alpilles. Plus haut, des Mirage mirent les nuages.

Mon fils s'agite à mes côtés. Casque sur la calbombe, il me répercute les infos en temps réel.

– Tous les aérodromes privés ont été neutralisés. Aucun décollage autorisé. Les avions de ligne contournent la capitale à plus de dix milles nautiques.

Tu verrais mes ongles, on dirait tes pieds quand t'arrives à les ronger.

Nous passons re-encore à l'horizontale de la rosace nord.

– Répète-moi ! exhorté-je Toinet. Que doit-il se passer à 15 heures dans la cathédrale ?

– Pour la centième fois, p'pa : une messe en l'honneur du *Christ nu* de Michel-Ange, célébrée par Mgr Chapottier, archevêque de Houdan.

– Combien de fidèles attendus ?

– Quelques centaines au maximum ! Pas le crash du siècle...

– On est en train de se faire enfler ! Et pourtant, je suis convaincu que Ben Laden juniorette espère que l'attentat n'aura pas lieu. Elle l'a orchestré, mais elle attend que je le déjoue…

– Tu te fais un film, p'pa!

– Je le sens. Elle ne veut pas vraiment que tous ces gens meurent. Mais elle me laisse dépositaire et presque responsable de son acte. Elle m'a fourni de multiples indices. Je n'arrive pourtant pas à décrypter le dernier! Remontre-moi le plan de France Miniature…

Mon lardon étale le dépliant sur mes genoux.

– Bon… la zone orangée…

– C'est l'Île-de-France, tu le sais…

T'as remarqué comme nos mouflets ont tendance à nous vieukroumer avant l'heure? Remarque, comment ça s'entend, l'heure sonnée de la vieillitude? Quand tu franchis une frontière, tu sais que t'es passé en Italie ou bien en Espagne. Mais quand tu franchis une limite de temps, sais-tu où tu débarques vraiment?

– Voilà, p'pa : 63, Notre-Dame de Paris. Détruite par le mini-avion.

– Et autour, il y a quoi? Je veux dire : sur la carte France Miniature?

– C'est pas un vrai plan de Paris ni de la région. Tout est tassé sur quelques ares et quelques numéros : 53 la tour de Provins, 56 la basilique du Sacré-Cœur, 57 le Moulin-Rouge, 58 le Stade de France, 59 l'Arc de Triomphe, 61 la place de la Concorde, 62 la Grande Mosquée de Paris…

Je plonge la main dans mon futal. En ressort un bout de papier fripé : le billet de Béru. Le déchiffre :

« Rugby – Tournoi des Six Nations – France-Angleterre – Stade de France – 15 heures »

15 heures ! Nounours Hogan a bien insisté sur l'attaque à 15 heures ! Pour que je l'évite…

Le Stade de France.

75 000 personnes !

Manhattan nine eleven, 11 septembre 2001.

Moins de 3 000 morts ! Et un effroi absolu !

75 000 !

Le record de tous les temps !

14 heures 58

Cockpit d'un Ciska dernier modèle

Issan avait décollé de la clairière. Une longue saignée tapissée d'herbe rase qui avait été tracée dans la forêt sous prétexte d'une coupe claire. Elle était en fait utilisée comme piste d'envols et d'atterrissages confidentiels. Tout proche de la région parisienne, cet aérodrome privé servait à de fréquents trafics et traficotages.

Quelques kilomètres de vol en radada avait permis à Issan d'esquiver fissa les radars.

Lorsqu'il prit de la hauteur pour découvrir le Stade de France, l'apprécier et plonger en piqué vers le centre de la pelouse, les clignotants s'affolèrent sur les écrans de toutes les tours de contrôle.

– Trop tard ! jubila Issan, enivré d'avance par le paradis qui l'attendait, jonché de vierges langoureuses…

Le missile le frappa de plein fouet.

Il ne sut jamais qu'il était mort.

Aucune vierge ne lui apparut.

En revanche, le nuage de gaz surmoutardé contamina un magnifique vol d'oies sauvages.

Bof!

On ne les mangera pas pour le réveillon.

Moi, j'aime assez les huîtres et le boudin blanc.

Sourate 23

AL-MU'MIMUNE (les croyants)

Ceux dont la balance est lourde de bonnes actions
seront les bienheureux. (Verset 102)[1]

Plus tard

Un Toinet survolté m'accueille dans le hall.

– Tu le croiras pas, p'pa ! Le ministre t'attend dans ton bureau.

– Quel ministre ?

– Le pommier du genre !

Je me précipute, car, aussi libre se sent-on (de

1. Dernière citation. Au bout du bout, c'est vachement beau, le Coran, non ?

Provence), on n'en demeure pas moins inféodé (à coudre et) à l'ordre établi.

Tu le connais, de Ville Pinte de Binoche. Je te l'ai déjà présenté dans *San-Antonio tient le bambou*. A l'époque, il n'était que ministre de l'Intériorité, mais au train où il galope, il pourrait bien se retrouver un jour près du zan de la Raie pudique. A moins que le Roquet du Neuf carré ou l'Euronégationniste des Boucles-de-la-Seine ne lui coupent les ailes élyséennes. A voir.

Il n'a rien abdiqué de son langage réputé flamboyant.

– Cher commissaire, attaque-t-il en lissant son argentique toison, je tenassais personnalisement à vous félicitationner pour avoir menassé à bien l'enquête la plus redoutablesque de votre carrière. Au nom de la France éternelle, je vous nomme officier dans l'ordre de la Chiraquanerie constipationnelle et vous prie de décerner à votre collègue Alexandre-Benêt Bérottier le ruban de chevalier de cette même confraconnerie.

Il m'agrafe un placard jaune cocu sur le plastron et me bisouille de son nez froid et avantageux.

– Sur mes propres instances, et avec l'étroite collaborationnerie de mes services spécialement personnels, vous nous avez permis d'éliminer le pire fléau de l'humanité et cette même humanité vous en saura gré ad vitam éternuement.

J'évite de demander si le balayeur black était vraiment Ben Laden, et ce qu'il en est éventuellement advenu. On ne pose pas les questions qu'on sait par avance sans réponse.

Nouveau coup de peigne de ses didis dans ses titifs. Bellâtre-de-Tassigny baisse le ton :

– Toutefois, commissaire, je ne comprenasse pas pourquoi vous avez laissé s'échappatoirer son fils Idriss Sabitt, qui aujourd'hui reprend vaillamment le flambeau ?

– Parce que c'était une fille, monsieur le Premier sinistre ! Et qu'après tout, une femme à la tête du terrorisme islamique, je trouve ça plutôt sympa comme émancipation. Pas vous ?

Encore plus tard

Poilala raccompagne le Chef aux exécubeaux-tifs. Sous le coup de l'émotion, notre brave brigadier en oublie de contracter ses sphincters, abandonnant derrière lui une ligne jaune discontinue.

Amélie me fait signe de la rejoindre en son burlingue. Étale devant moi un étrange document :

– Il s'agit d'un agrandissement d'une photocopie couleurs prise par la Canon Alfa 69 des sous-sols, m'explique-t-elle.

– Et alors ?

– Analysez bien ce cliché, patron. Je vous précise qu'il a été inopinément flashé tandis que vous… sautiez ma copine Angélique sur la bécane.

Je me consacre à l'œuvre d'ard offerte à ma sagacité.

– Ces deux énormes ronds brunâtres, c'est quoi ?

Pas du genre à minauder, Amélie :

– En tant que future bru, ça me gêne un peu, mais comme flic, je dois vous dire qu'il s'agit de vos testicules comprimés sur la plaque lumineuse, patron. Et le gros bazar du milieu disparaissant dans des volutes noires, accordez-moi de n'avoir pas à préciser. C'est plus haut que ça devient intéressant. Regardez ces deux masses : ce sont les fesses d'Angélique. Et là, qu'est-ce qu'on distingue nettement ? à droite, puisque l'optique inverse les valeurs ? Une tache de vin en forme de cœur !

– Eh oui, acquiescé-je. Angélique Marquizdez, légiste aux yeux noisette, et Idriss Sabitt, l'émir aux yeux bleus, étaient une seule et même personne ! Fabuleux Fregoli ou autre Brachetti, tantôt fille, tantôt fils de Ben Laden.

– Vous le saviez ! s'estomaque la rouquine.

– Je l'ai compris trop tard, lorsque j'ai réalisé qu'Angélique, parlant de Hogan, avait employé le prénom « Kate[1] » de la nounourse, prénom que

1. Tu veux une preuve, espèce de saint Thomas ? Va voir à la sourate 19 : *« En effet. Si Kate Hogan nous fournit le cadavre de Kelbodar et nous pousse à le remplacer par son sosie, c'est qu'elle y a un intérêt !»* Angélique dixit. Et paf !

nous n'avions jamais mentionné devant elle. Cela prouvait qu'elle connaissait bien cette peluche en promotion dans le magasin d'Ahmed. La conclusion était aisée. Et qui d'autre qu'elle avait pu équiper Béru de micros, à part toi ? Et comment nous a-t-elle pistés jusqu'à la clinique du professeur Kadud Yabeth[1] ? En nous infiltrant un micro micro. Tu as vérifié la bride de ton soutien-gorge ?

– Vous avez vérifié l'élastique de votre caleçon ?

Sympa, de rigoler un bon peu avec les gens qu'on aime du fond du cœur !

– Blague à part, patron, vous ne regrettez pas qu'Angélique vous ait échappé ?

– Au contraire ! Elle a tout fait pour que je coince son père, que je mette fin à ses exactions et que l'attentat du Stade de France soit déjoué. Car elle m'a distribué les cartes nécessaires. Elle a même sauvé le Gravos en commandant de l'égorger.

1. Je précise aux âmes sensibles que sa mère et son fils ont été libérés et qu'on devrait bouffer ensemble vendredi prochain une carpe à la juive chez Goldenberg.

– Vous ne seriez pas un peu amoureux d'elle, beau-père ?

– Pas dans mes attributions ! Mais je n'ai jamais rencontré une adversaire aussi coopérative.

– Voyons ! Elle nous a tous manipulés pour arriver à ses fins ! s'insurge Amélie. S'infiltrant auprès de moi, parvenant à entrer en contact avec vous et à utiliser Bérurier comme mollah de substitution, le véritable Kelbodar lui ayant claqué dans les pattes. Une fille redoutable, quand même !

Ma raison vagabonde, illuminée par le souvenir de l'incontrôlable légiste.

– Les femmes font toujours mieux que les hommes, chère Amélie, et les enfants aussi bien que les pères. Je te promets qu'Idriss, Angélique, Hogan… appelle-la comme tu veux, essaiera de réconcilier l'Orient et l'Occident. Inch Allah !

Plus tard encore

Je sonne à la porte des Bérurier.

Tagada tsoin-tsoin.

Presque aussitôt, une créature de rêve, buste

moulé dans un boléro noir, jupe de Carmen carmin nouée autour de la taille, entrebâille la lourde.

J'amorce un pas de retraite sur le palier.

– Ho ! Excusez-moi, madame, je crains de m'être trompé d'étage.

La belle me décoche un clin d'œil racoleur et me gratifie d'une ébauche de bisou du bout de ses lèvres outrageusement fardées.

– Méchant-t-Antonio ! minaude-t-elle. On r'connaît plus ses vieilles amibes ?

– Berthe ! m'extravagué-je.

– Elle soi-même !

J'ai beau la dévisager, je ne parviens pas à identifier l'épouse d'Alexandre-Benoît, tant la métamorphose est saisissante. Pour te dire : l'aigrette de son menton ne ressemble plus à un poireau, mais à un joli brin de ciboulette !

– Je viens de perdre soixante-neuf kilos, le chiffre du bonheur !

– Un prodige !

Elle pivote sur ses hauts talons, laissant tournoyer ses fanfreluches gitanes.

– Si je vous dirais que Carla Lagarce-Fiel

m'propose un con d'or pour que j'défile comme taupe modèle chez Croco Saniel ?

– C'est mérité ! Bravo ! Alexandre est-il dans les parages ? J'ai une médaille à lui remettre au nom de la Nation !

Hymne de chasse d'eau.

Apparition du futur décoré, rajustant ses braies.

Tu le verrais (et tue le verrat), mon incontournable Béru, rengrossi de plus belle. Surquintalisé à merveille. Bon poids, bon œil. Tel que tu l'aimes et que nous l'aimerons toujours.

– Ah, te voilà, Tonio, rouscaille-t-il. Avise ma Berthe, l'état qu'Alfred l'a mite ! Il a transformé sa lotion pour les tifs en potion à maigrir ! Tu mords la résultance ? Et y se fait des couilles en or, n'en plus, le pommadin… Y a pas d'justice !

J'ouvre large mes bras :

– Bien revenue dans la famille San-Antonio, GROS !

FIN

mais pas finale

car je t'offre un bonus à la page suivante, petit veinard !

BONUS

C'est à nouveau à la mode, les bonus, comme au bon temps du cadeau Bonux dans les copeaux de lessive.

Surtout dans les D.V.D.

Et pourquoi pas dans les bouquins ?

Comme tu essaies souvent de te remémorer les noms baroques dont j'affuble certains personnages disséminés dans mon roman, j'ai décidé de t'en offrir la liste exhaustive.

Les grands auteurs russes présentaient leurs protagonistes au début de leur œuvre.

Marque de modestie, moi, ce sera à la fin.

Les voici donc par ordre d'entrée en scène :

Rigobert Lingueau, employé aux Objets trouvés
Imran Foudraj, terroriste amateur

Ze San-Antonio Code

Moulay Danlbronz, dit aussi :
Hichi Danlakol,
Oussava Sbelhétron, et
Samerd Hatouva, terroriste patenté
Ahmed Assuikillira, alias
Araz Matouf, terroriste diplômé
Idriss Sabitt, émir professionnel
Éloïse Habélard, clocharde par vocation
Angélique Marquizdez, médecin légiste
Nabil Hachourey, capitaine de police
Hermine Derrien, lieutenante et aspirante
Mélusine Hangraive, compagne de Rigobert
Cho La-Pin, parrain de la mafia chinoise
Cho Ho-Li, sœur du précédent
Cho De-Van, fiancé de la précédente
Abdellatif Boulazayro, médiocre truand
Kate Hogan, nounourse énigmatique
Kantitrik Kelbodar, mollah tout craché
Line de Kok, commissaire d'arrondissement
Issan Derribouy, pilote d'essayage
Ankormafi Yacinthe, jardinier africain

(Si j'en ai oublié, tu sais où m'insulter.)

Table

Table

Sourate 12 : 171
YUSUF (Joseph)
Et dans les cieux et sur la terre,
que de signes auprès desquels les gens passent
en s'en détournant! (Verset 105)

Sourate 13 : 191
AR-RA'D (le tonnerre)
Celui qui vous fait voir l'éclair vous inspire crainte et espoir;
et il crée les nuages lourds. (Verset 12)

Sourate 14 : 209
IBRAHIM (Abraham)
Ne pense point qu'Allah soit inattentif à ce que font les injustes.
Il leur accordera un délai jusqu'au jour
où leurs regards se figeront. (Verset 42)

Sourate 15 : 219
AL-HIJR (le pays du Prophète)
Le jour du Jugement dernier
les mécréants regretteront de ne pas avoir été soumis. (Verset 2)

Sourate 16 : 225
AN-NAHL (les abeilles)
Si Allah s'en prenait aux gens pour leurs méfaits
Il ne laisserait sur cette terre aucun être vivant. (Verset 61)

Table

Impression réalisée sur CAMERON par
BRODARD ET TAUPIN
La Flèche

pour le compte des Éditions Fayard
en septembre 2005

Imprimé en France
Dépôt légal : septembre 2005
N° d'édition : 61843 – N° d'impression : 31687
ISBN : 2-213-62295-7
35-33-2495-6/01